U0086337

滄海叢刊

走出傷痕

—大陸新時期小說探論

張子樟 著

1991

東大圖書公司印行

國立中央圖書館出版品預行編目資料

走出傷痕：大陸新時期小說探論／張子樟著.--初版.--臺北市：東大出版：三民總經銷，民80
面；　　公分--(滄海叢刊)
參考書目：面
ISBN 957-19-1285-9（精裝）
ISBN 957-19-1286-7（平裝）

1.中國小說—歷史與批評
827　　　　80000226

©

走出傷痕
—大陸新時期小說探論

著　者　張子樟
發行人　劉仲文
出版者　東大圖書股份有限公司
總經銷　三民書局股份有限公司
印刷所　東大圖書股份有限公司
地址／臺北市重慶南路一段六十一號二樓
郵撥／〇一〇七一七五－〇號
初　版　中華民國八十年二月
編　號　E 81052①
基本定價　肆元貳角貳分
行政院新聞局登記證局版臺業字第〇一九七號

有著作權・不准侵害

ISBN 957-19-1285-9（精裝）

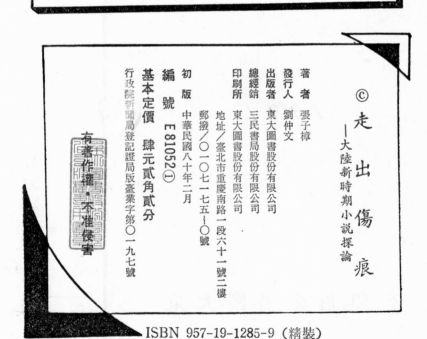

自序

文學作品的演進並非純粹是一種進化過程，「今不如古」或「古不如今」的說法都值得再三斟酌。就中國現代文學的演進而言，用「演化」二字來說明文學作品受現實環境的牽制與互動，似乎來得更為貼切。既然認定文學的演進是種演化過程，作品是否能充分截取、收錄與傳達某個時代的社會部份風貌、記錄歷史片斷、凸顯人性表徵，成為評論的一些標準。以上面這些話來論斷文革後的大陸小說的內涵與技巧的演進，便顯得十分公道。這些標準也就是筆者撰寫這本書所遵循的基本原則。

這本書為筆者研究文革後大陸小說的第二本書。第一本書《人性與抗議文學》出版於一九八四年。當時由於時空的種種限制，該書引用之小說，幾乎全以揭發文革期間黑暗面的「傷痕文學」為主，部份作品雖有「反思」之意味，但不夠深入。經過將近四十年的長期壓制後，作家能再發揮大無畏的精神，為民鳴放，已經相當不易。

八三年後，大陸小說進入高潮。藝術技巧的提昇與深化，使得作品日益哲學化。在「創作自由」的吶喊聲中，作家不再沉緬於往事之追憶，而積極地以文化意識與自我意識為經，現代藝術技巧為緯，寫下了不少足與三十年代大家比美的作品。本書便是以這些作品中展現的三種主要精神現象——「疏離」、「調適」與「超越」——為主，前後約十一年（一九七七年底至一九八八年底），長篇、中篇與短篇作品均為篩選取樣的對象。

其次談到本書的理論架構與應用。本書除依賴純粹的文學理論來解說作品的諸般現象外，還借助部份社會學、心理學、傳播學和哲學上的論點來剖析作品內容。期望藉多角度之省察，達到全方位觀照之效果。另外，這本書是以作品中呈現的共同現象為主的研究，不同於純粹以作家作品為主的專題研究。筆者以為，從同一代人對同一問題不同角度來互參觀照，再經過互相印證、駁詰與補充，其中蘊含的時代深刻特點，應該比較容易把握。

在深入討論作品內涵之前，必須對小說中的「角色」予以定位。我們不難發現，文革後小說作品中的「角色」已徹底擺脫七六年前的英雄形象的刻劃，凸顯並確定了「人」的地位。作家不再受政治所左右，而刻意塑造虛假之英雄典型或正面人物。他們描繪了在現實生活中浮沉不定，具有七情六慾的常人與小人物，真正展現了恆久與普遍的人性。

由於現實政治的扭曲與權力的濫用，大陸社會各個層面均存在著濃厚的「疏離」現象，尤其在政治、經濟與社會三個層面更為嚴重。「自我」的失落、人性的沉淪與集體疏離現象是探討「疏離」現象的重點。有趣的是，作家本人亦具有嚴重之疏離感。他們不僅與社會疏離，也與自我疏離。

經年累月的天災人禍造成大陸人民常常處於遷移狀態。為求生存，他們不以遷移為苦。在遷移過程中，無數可歌可泣的故事便產生了。以社會學中的遷移現象與心理學中的調適方法為學理依據，深入探討小說中的主人翁如何在大動亂中，在不同的遷移情境中，調適自己的心態，是本書的另一個觀照角度。

「生」與「死」(to be or not to be) 是古今中外文學作品恆久不變的主題。借用文化意識與自我意識為主要的觀照角度，更能把握「生存意識」與「死亡意識」之「內涵」意義。食色問題的揭發也凸顯了作品已從突破邁入超越。作品表現手法的突破與超越也是不可忽視的一環。意識流的復古、語言敘述的突破、作品的哲學化、新寫實主義與後新潮小說的出現等等，確定了這些作品的歷史地位。知識分子、婦女與農民這三個重要角色的自我超越現象，顯示了作家的道德勇氣。作家以自我持問的方式審視知識分子是最宏偉的超越現象。

無可諱言地，這個階段的小說作品已有相當可觀的成就；語言與敘述方面有了重大的突破，藝術技巧的深化使得作品更具哲學意味。但作品本身依然有不少問題值得深入研究的，如角色形象的塑造、技巧的應用仍有缺失。現今文壇上滿佈「浮躁」之氣，使得原有的「焦灼感」更為明顯。

以上這些話是這本書的簡介。筆者興趣廣泛，小說是最愛，但社會學、傳播學、心理學與哲學亦略有涉獵。在撰寫本書時，常不知不覺將對上述學門所知的一些粗淺知識融入文中，使得本書借助之研究方法頗為駁雜。另外，書中引用之作品全是筆者能找到的作品，難免有掛一漏萬之處。這些都請讀者諒解。

這本書能順利完成要感謝許多前輩與好友。呂正惠教授、白杰明(Gereme Barmé)教授、李超宗教授與蔡源煌教授對本書數章或全書的架構與內容，都提供了十分寶貴的意見，讓筆者能把本書修改得更完整。筆者同時要向三位指導教授——謝高橋教授、先師侯健教授與劉紹銘教授——表示最誠摯的謝意。由於他們的諄諄教誨，筆者才有勇氣撰寫本書。另外，好友周玉山兄功不可沒，本書數章都是由於他的「陷害」而硬擠出來的。何志韶先生與佟立家先生在資料搜集方面幫了不少忙，在此一併致謝。當然，最要感謝的是三民書局兼東大圖書公司的主持人劉振強先生。由於他的慷慨，像本書這樣硬的書才有機會與讀者見面。最後謝謝內子蘇月英女士，多年來她寬容筆者徘徊於學術邊緣。

走出傷痕——大陸新時期小說探論　目次

第七章　知識分子、婦女與農民的性格塑造——突破與超越（下）

第八章　結　論

參考書目

第一章　緒　論

一、歷史的回顧

一九一八年五月，魯迅在《新青年》發表了短篇小說〈狂人日記〉。從此，中國的小說藝術進入另一個境界。

〈狂人日記〉在篇幅上只是短篇傑作，但它的問世却有幾種新的意義。首先，這篇小說延續了清末譴責小說的批判精神，挖掘社會黑暗面，關懷現實人生的種種問題，並深入探討中國傳統文化的弊病。「吃人的禮教」也許言過其實，但觀照現實社會，再稍加推敲，這篇作品稱得上寫實主義的代表作。其次，就藝術技巧而言，它擺脫了傳統章回小說的「講故事」的舊規，純熟地運用了西方小說的技巧，給以後的小說創作樹立了新的敍事形式的典範。雖是短短幾千字，〈狂人日記〉的這兩種新義，至今已影響了中國小說創作將近四分之三世紀之久。

雖然〈狂人日記〉肯定了小說作品的藝術價值，但三十年代的作家却始終只關注它的社會意義。他們認定小說可以改革世道人心。他們所遵循的依然是梁啓超在《新小說》創刊號上發表的〈論小說與羣治之關係〉中的那段話：「欲新一國民之民，不可不新一國之小說，故欲新道德，必新小說；欲新宗教，必新小說；欲新政治，必新小說；欲新風格，必新小說；欲新學藝，必新小說，乃至欲新人心，欲新人格，必新小說……」❶這種認定小說萬能的狹窄功利主義嚴重地影響了民國以後文學史上的兩大運動：文學革命與革命文學。這兩大運動把文學定爲社會改革或政治變更的工具。從此，以文學改革世道人心的態度精神，瀰漫在作家之間，成爲五四運動以後文學作品的主要特色。三十年代文學作品具有的强烈的社會意識與政治意識也就成爲當年那些感時憂國的作家的道德重擔。他們的作品或許偏離了藝術價值，但依然有其可取之處。這些作品，「表面是批評傳統的道德倫常，實則表彰人性的高貴，……以痛陳時弊的手法，來表達他們對中國前途的深切關懷。」❷但這種勇於暴露社會弊端的批判精神却隨着一九四九年中共政權的成立，暫時失去了光彩。

在中共宣傳人員眼中，文學只是政治的傳聲筒或宣傳品。文學是教育人民、宣傳政策的一種

❶ 梁啓超，〈論小說與羣治之關係〉，《新小說》發刊辭，一九〇二年十月發行於日本橫濱。

❷ 夏志清，《中國現代小說史》（臺北：傳記文學，一九七九年），頁五四九。

最佳工具，有無藝術性並不重要。一九四九年後，隨着各種政治運動的變幻無端❸，文學作品猶如風中殘燭，苟延生命於亂世。各種文學創作均隨着政策的推動而飄搖不定，毫無藝術價值可言。小說作品亦不例外。在教條框框的層層限制下，小說成爲歌功頌德的工具。「主題先行」導致小說內容的過度簡單化、臉譜化。「正面英雄」的刻意塑造使人物造型日趨僵化。「高、大、全」的說法完全扭曲了社會與個人的眞正面貌。這種種的不正常現象一直到文革結束後才一一獲得匡正。

一九七六年十月，中共發生宮廷式政變，「四人幫」被捕，文化大革命宣告結束。基於實際政治需要，中共逐漸對外開放，大陸小說從此進入一個嶄新的階段。十多年來，不同程度的政治運動依然不斷，其中多數均與文學創作內容有關❹。但現實環境的諸種重大變遷已使得小說作者走上不歸路。他們勇於求新求變。他們不但延續了三十年代文學的批判精神，而且十分重視作品的藝術價值。儘管創作之路坎坷難行，作家在道德勇氣支撑下的作品，其社會功能與藝術價值依然值得深入探討研究。

---

❸ 參閱拙著《人性與抗議文學》（臺北：幼獅文化，一九八四年）中的第三章〈中共文藝思想之演進〉與第四章〈中共文藝理論之探討〉。

❹ 如一九八一年的「點白樺，批《苦戀》」事件、「反資產階級自由化」，八三年的「清除精神汙染」，八七年開除劉賓雁、王若望黨籍等。

二、研究方法與目標

一九七七年十一月，劉心武的〈班主任〉刊登在《人民文學》上，新時期文學就此拉開序幕。十多年來，小說作品的驚人發展與成就是中外人士有目共睹的。無論是作品內涵或藝術技巧，這些刼後餘生者筆下的歷史見證都遠超過前三十年（一九四九～一九七七）內的作品，足與三十年代的大師作品比美。

大陸文藝評論界習慣把此階段的文學作品稱爲「新時期文學」，又把一九七八年到一九八七年定爲新時期文學的第一個十年，一九八八年爲第二個十年的開始。本書沿用這種稱呼，但不刻意强調第一個十年、第二個十年。由於一九八八年的重要作品在敍事形式方面有了重大的變化，本書亦將此年作品列入探討，以便對照比較。因此，本書討論引用的作品包括從一九七七年底到一九八八年底的有關作品，前後約十一年。

文學作品的演進是連貫相關的，文革後的大陸小說亦復如此。這些作品在內容上承繼了三十年代的破壞精神，在形式上也多半接納了西方當代小說的藝術技巧，絕對無法把他們視爲完全單獨存在的獨立體。因此，引用中外不同時期與不同地位的作品來印證與解說這些作品，更能凸顯其承先啓後、內容豐盈的特徵。

由於作家深信「轟動效應」的說法，十多年的小說創作可以「浩如烟海」四個字來形容。如何在這些份量極重的長篇、中篇、短篇作品中篩選，也是本書的一大工作。藝術創作之優劣自古以來就有一套判斷的絕對標準。對處於轉型期的大陸小說作品而言，絕對標準似乎過於嚴苛。我們無法斷言，這個階段的作品將來有多少能通過歷史的嚴酷考驗而在文學史上佔一席之地。這個問題誰也不敢遽下結論。因此，本書引用作品的標準是相對的，而非絕對的。我們深信，作品之優劣只要經過時間的考驗與其他作品互相比較便可顯現出來。換句話說，在許多作品中，較好的作品還是能夠脫穎而出的。本書引用的作品自然以藝術價值爲先決條件，但必要時仍然會斟酌考量到實際需要，而引用一些內容與形式均不甚理想的作品。

其次，我們談到研究方法。本書主要使用歷史法與內容分析法。除了依賴純粹的文學理論來解說作品的諸般現象外，往往還得借助部份社會學、心理學和哲學上的論點來剖析作品內容，因爲當代的文學作品已成爲許多學科的共同產物。唯有從每個角度來省察，才能做到全方位的觀照，也才能顯示文學主體的眞正價值。

另一個有關研究的是研究目標的選定。純粹以作家作品爲專題研究的目標，常常有其侷限性。新時期小說的作家多爲壯年之輩，在文壇上剛剛起步不久，作品仍未完全成熟定型。如果只以某作家的幾篇作品作爲研究對象，常會有過於偏狹之感，而失去對整個社會現象的細察。年長一輩的作家固然比較定型，但力求變化的仍然不乏其人。以王蒙爲例，他一直在嘗試不同題材、不同技巧。他十多年來的作品讓讀者目不暇接。如要深入研究他本人及其作品，雖然不必說要蓋棺論定，但也得費一番心思，才能挖掘、排列出他的完整文學觀。但最後發現的也不過一個作家作品中的現象而已，這是不夠的。因此，本書不準備選用此種研究目標。

換另一個角度來作研究可能會有意想不到的收穫。以作品中呈現的共同現象爲主的研究是屬於多方面的專題性的深入研究，同時它也是能夠徹底反映歷史發展線索的綜合性專題研究，因爲借助同一代人對同一問題不同角度來互參觀照，經過互相印證、駁結與補充後，我們可以把握其中蘊含的時代深刻的特點。這種研究方法亦即黃子平所謂的「宏觀研究」。至於這種研究有那些優點，我們不妨聽聽黃子平的說法：「宏觀研究絕不僅僅是一個範圍大小的問題，也不僅僅是一種批評方法的運用，它更是一種胸懷、一種眼光，一種文學的歷史觀。它要求打破單向思維和平面思維，而採用雙向思維和立體思維。它要求把文學現象著作多層次多結構的整體。它要求在豐富的『歷史儲存』中來接受、闡述全部新出現的文學信息。」❺以敏銳的眼光與寬濶的胸懷，對小說作品作全方位的檢視，便是本書論述所期許的鵠的。

三、角色變遷、疏離、調適與超越

❺ 黃子平，〈當代文學中的宏觀研究〉，《文學評論》（一九八三年第三期），頁三六。

新時期文學的內容十分紛繁複雜，連稱呼也琳瑯滿目。文藝評論者常把內容或表達方式相近的作品加以歸納，賦予某種新的稱呼，以便研究。冠上「文學」二字者，到目前爲止，就有「暴露文學」、「傷痕文學」、「覺醒文學」、「廢墟文學」、「新寫實主義文學」、「尋根文學」、「先鋒派文學」、「軍事文學」、「改革文學」、「城市文學」、「鄉村文學」、「通俗文學」、「新潮文學」、「女性文學」等等說法，其中以「傷痕」、「反思」、「尋根」與「先鋒」最爲常見。以小說作品實際內容爲基準的分法更爲繁雜，計有「傷痕小說」、「反思小說」、「尋根小說」、「知青小說」、「軍旅小說」❻、「世俗小說」❼、「先鋒小說」、「紀實小說」❽、「探索小說」❾、「意識流小說」❿、「實驗小說」⓫、「結構主義小說」⓬、「新潮小說」、「京

❻ 如周政保，〈寓意超越意識的滋長與强化——新時期軍旅小說創作的一種判斷〉，《文學評論》（一九八七年第二期），頁七九～八五。

❼ 如顏純鈞，〈文學的世俗化傾向〉，《文學評論》（一九八九年第三期），頁七〇～七七。

❽ 如江冰，〈「紀實小說」前景質疑〉，《文學評論》（一九八九年第二期），頁一五三～一五四。

❾ 如錢谷融，〈論「探索小說」（中國新時期文學的一個側面）〉，《社會科學輯刊》（瀋陽：一九八九年二期三期合訂本），頁二四三～二四八。

❿ 如宋耀良編，《中國意識流小說選》（上海：上海社會科學，一九八八年）。

⓫ 如崔建華，〈當代「實驗小說」的困境（對實驗小說在反叛傳統中回歸傳統的現象思考）〉，《藝術廣角》（瀋陽：一九八九年第二期），頁二〇～二八。

⓬ 如吳亮、章平、宗仁發合編，《結構主義小說》（長春：時代文藝，一九八九年）。

味小說」⑬、「風俗畫小說」⑭、「戰爭小說」⑮、「新現實主義小說」、「後新潮小說」⑯、「大反響小說」⑰、「市井小說」⑱、「婚戀小說」⑲等等，一時之間百花齊放、百鳥爭鳴。評論者與編輯往往懷有強烈的主見，或憑一時之喜惡，給某些作品冠上一個新的名稱。結果，同樣一篇作品往往出現在不同名稱的選集中。實際上，只有「傷痕」、「反思」、「尋根」、「新潮」、「世俗」與「新現實主義」這幾種說法較爲多人所接受。

上述這些名稱均以時間先後與作品內容表現手法爲分類根據。本書研究方向却以作品表達之共同精神現象爲主。依據其演進先後分爲「疏離」、「調適」與「超越」三種現象。這種分法並非標新立異，主要目的還在於能從深度與廣度着手，而切實達到綜合性的專題研究。當然，一篇

---

⑬ 如趙園，〈京味小說與北京方言文化〉，《北京社會科學》（北京：一九八九年第一期），頁三〇～四〇。

⑭ 如丁帆、徐兆淮，〈新時期風俗畫小說縱橫談〉，《文學評論》（一九八四年第六期），頁二二一～二二八。

⑮ 如康夏，〈戰爭觀：一個無法迴避的命題（對新時期戰爭小說的思考）〉，《百家》（合肥：一九八九年第一期），頁五一～五六。

⑯ 如吳方，〈作爲文化挑戰的小說新潮〉，《工人日報》（北京：一九八九年五月二十八日第二版）。

⑰ 如李文衡，〈知識勞動美的審美價值浮沉——評幾部「大反響」小說〉，《文學評論》（一九八五年第一期），頁四四～五一。

⑱ 如楊德華編，《市井小說選》（北京：作家，一九八八年）。

⑲ 如朱衛國編，《中國女性作家婚戀小說選》（北京：作家，一九八八年）。

好的作品不可能只包含一種現象。因此，在以後章節敘述中，可能一篇作品在好幾處出現。

在分章剖析「疏離」、「調適」與「超越」三種主要現象前，對於「角色的變遷」先作一番闡述，來確定「人」在文學作品中的地位。文革以前，「人」在大陸小說中，只是扮演政治玩偶，毫無人性可言。新時期小說作家沒有特別强調「文學卽人學」，但在作品中呈現的都是以「人」爲中心⑳，直接點明了「人」在作品中的重要性。人不再受困於「神性」，不必再爲無法成爲聖賢而自卑。人扮演的是擁有眞正「人性」的人。換句話說，作家已掙脫了「社會主義現實主義」的枷鎖，重新回到「現實主義」的道路。作家不需要刻意塑造虛假的英雄典型、正面人物。他們描繪的是在現實生活中浮沉不定、具有七情六慾的小人物。他們衷心盼望他們的作品對現實社會能起振聾發聵的作用。

本書的第三章以探討作品中的「疏離」現象爲主。「疏離」是二十世紀的重大現象之一。它出現在中國大陸，完全背離了馬克思當年的估計㉑。儘管中共當局一再否認與極力批判「疏離」

---

⑳ 滕雲，〈十年樹人——《十年見典型》之一章〉，《天津社會科學》（一九八九年第二期），頁五四～六三。作者在此文中把新時期小說的現象描述分爲政治人、社會人、文化人與哲學人四個階級。

㉑ 馬克思的「疏離理論」出現於《一八四四年經濟哲學手稿》（*The Economic & Philosophical Manuscripts of 1844*）。馬克思認爲，共產主義社會應是沒有剝削，沒有異化的社會。參閱李超宗，《新馬克思主義思潮——評介「西方馬克思主義」》（臺北：桂冠，一九八九年），頁二七～三一。

理論，但這種鴕鳥心態於事無補，因爲「疏離」現象始終存在於大陸社會的各個層面。透過小說中對各種疏離現象的細膩描述，我們將能深切體認「自我」的失落、人性的沉淪。强調集體意識的社會的特殊疏離方式，也是本章探討的重點。當然，最有趣的發現是，作家本人也具有十分嚴重的疏離感。他們不但與社會疏離，也與自我疏離。

「調適」是本書論及的第二種現象，「調適」是指個人或團體，以適當的妥協或調停方式，來消除或減少敵意的調整過程。這一章以社會學中的遷移現象與心理學中的調適方法爲學理依據，來深入研討小說中的主人翁如何在十年的大動亂中，在不同的遷移情境中，調適自己的心態。實際上，每個人的先天條件與後天遭遇不盡相同。在面臨「史無前例」的大動亂時，在自動遷移或被迫遷移時，人們的「調適」方式與過程自然不同。儘管如此，作家揭示的人性却有其共同性。人在困境時，人性的善惡取向完全表露無遺。但作家並沒有認定其作品中的主人翁是善惡分明、黑白判然的角色。他們强調的是介乎兩極之間頗爲廣濶的可黑可白、亦黑亦白或無所謂黑白的灰色地帶，亦即善惡難以判別、常被混淆的曚朧邊界。

在討論過「角色變遷」、「疏離」與「調適」後，本書嘗試以文化意識與自我意識爲主要的觀照角度進一步探研新時期小說中的各種「超越」現象。我們發現，在許多作品中，作者以生命中的兩大基本要求「食」與「色」爲基調，來談論「生存意識」與「死亡意識」。這兩種意識的超越現象可以提昇作品的深度與廣度。藝術表現手法的突破與超越仍然以文化與自我這兩個觀照角度爲圭臬。復古與創新並進，語言敘述的突破與新文體的出現令人嘆爲觀止。另一個角度是從角色形象的描繪中體認到知識分子、婦女與農民這三個重要角色的自我超越現象。最值得欽佩的是，作家以自我拷問的方式來審視知識分子的懦弱、守舊、依附權勢等由來已久的弊病。透過對這三種主要角色形象的剖析，我們自然能確切認識新時期小說中蘊含的另一種「超越」意義。

在結論中，本書將就研究心得歸納成數點感想與展望。研究心得將從敘述方式、語言、形象描繪、男女錯位、未來危機等方面來分析，並展望新時期小說能從表層的超越進入深層的超越，讓這隻文學界中的浴火鳳凰在脫離煉獄後，未來能飛得更高、更遠。

第二章　現代英雄的探索旅程——角色變遷

一、前　言

一九四九年後的大陸文學，基於現實需要，成爲政治的傳聲筒與宣傳品。在理論方面，社會主義現實主義（socialist realism）取代了現實主義（realism），作品的情節與人物均有特定的模式。五八年間，毛澤東提出「革命現實主義和革命浪漫主義相結合」的創作口號，更加速了文學退化、萎縮與僵化的過程，完全喪失文學作品的眞正意義與目標。李牧說：「在一個政治條件的壓制之下，文學本體經過外在因素的影響，使它朝向本身不是文學的目標前進，不但如此，還脫離文學的軌道，與文學作對。」[1] 結果造成文學的疏離。文革十年中，大陸文學更趨向於死

[1] 李牧在〈中國新文學運動發展之檢討與展望〉中發表的意見。（臺北：《中央》月刊，第十五卷第七期，一九八三年五月），頁五六。並參閱李牧，〈疏離的文學，文學的疏離〉（臺北：《文訊》月刊，一九八三年九月第三期），頁七三。

亡。

文革結束後，文學藝術獲得「有限度的開放」，結果有若大壩決提，沛然無法抗拒。老、中、青作家以寫實的筆法、忠實地記述近三十年在現實社會中見聞到的、體驗到的、感受到的一切。小說中的主人翁不再是不食人間煙火、高不可攀的正面英雄人物，而是有血有肉的常人或低層人物。呈現在讀者面前的是一個瑣碎混亂、扭曲人性的疏離世界。

八〇年後的作品題材範圍擴大，思想深化，不再侷限於描寫「傷痕」和「四人幫」罪惡的本身。作家回顧歷史，以如椽大筆揭露過去年代的種種社會弊端。另外，作品的藝術價值也不斷提昇。年輕的作家運用不同的敍述技巧，再藉着作品中主人翁在現實生活中的種種遭遇，來表達他們對小說藝術的信念與期待。一時衆花怒放，錦簇片片。

本章嘗試以一九四九年後大陸小說中的「英雄」（主人翁）的剖析，說明當代大陸小說內容的變遷。先論述「英雄」的分類，然後以作品英雄角色的探索過程爲經，部份文學理論（如現實主義、社會主義現實主義）的應用爲緯，闡明文學疏離與疏離文學的現象。結語部分，再以「調適」與「超越」來總結大陸小說內涵的提昇。

二、英雄的類型及其探索

小說或戲劇中，「英雄」(hero 或 heroine) 泛指作品中讓讀者最感興趣的主人翁 (central

character）。此種說法與角色間道德素養之優劣比較無關❷。

傅瑞也（Northrop Frye）把小說中的「英雄」分成五種基本類型。他的分法並非依據英雄的「道德高低」（moral stature），而是視其「行爲能力」（power of action）而定。「英雄」的行爲能力可能比我們（常人）大、或小或略同❸。換句話說，「英雄」的分類是根據他能控制或操縱自然與人類世界之範圍爲基準。

第一類英雄在「本質」（kind）上勝過他人或其環境。此類英雄爲「神」（divine being）。他不僅比常人優秀，且與常人大不相同。他能以凡人無法控制自我世界的方式來操縱其世界，例如，他能違反「自然律」（natural law）；他能解決常人無法抗爭的重要難題。神話（myth）或幻想（fantasy）均是此類英雄的故事。

第二類英雄雖然在「程度」（degree）上優於常人或其環境，但實際上他是常人。他往往是愛情或冒險故事（romance）中的主人翁。由於其力量遠勝他人，他似乎不僅能控制我們，且能操縱世界（事實上他可能做不到）；他跟常人一樣犯錯（但頻率不高）；身體易受傷害（但不常受傷），而且難逃一死（雖然他讓人覺得不朽）。他跟常人一樣，不敢公然反抗「自然律」。

---

❷ C. Hugh Holman, *A Handbook to Literature* (Indianapolis: The Bobbs-Merrill Company, Inc., 1981), p. 211.

❸ Northrop Frye, *Anatomy of Criticism* (Princeton: Princeton UP, 1973), p. 33.

此類英雄出現在「傳奇」(legend)或「民間故事」(folk tale)裏。

第三種英雄在程度上也勝過常人，但却無法超越其自然環境。他擔任「領袖」(leader)角色。他擁有權威、熱情，表達能力也遠勝過我們，但他的作爲却受社會批評與自然法則的約束。他會犯錯，甚至於犯罪。他易受別人或自然界的傷害。他雖非羸弱，却也難逃一死。他的本事比常人多，但大部份本事，常人假以時日，一樣可與他比高下。這種部份是史詩(epic)或悲劇中的主人翁。

無法超越常人或其環境的英雄歸類爲第四種。他是凡人中的英雄，由於達到傳統英雄的標準，他成爲英雄，但其力量、美德與本事仍與凡人類似。他不過是在某種特殊場合中冒出的凡人。偶然做了一件非比尋常的事，就變得不平凡。他常捲入非凡的冒險中。他是時勢造就的英雄，而非天縱英明。換句話說，他並非異稟天生，只是在壓力下，他發揮了天生才智。這類英雄出現在喜劇或現實主義的小說中。

能力或智慧比常人差的是第五種英雄。這種人不管如何掙扎奮鬥，始終受人嘲弄、同情、憐憫，絕非凡人熱衷追求扮演的角色。常人唯有在自我鄙視的情緒中，或此類英雄確實超越常人時，才肯認同他。常人輕視他、諷刺他。在喜劇、諷刺與現實主義小說中，常看到此類英雄❹。

❹ Ibid., pp. 33~34.

無論是那種類型的英雄，最後都得走上探索（quest）的旅程，方能演完扮演的角色。此種探索也許是朝向某處遠地的實質旅程，也可能是英雄內心深處的內在旅程。但無論是肉體上的或心靈上的，也不論其長短遠近，此一旅程必定艱巨、危險、無法規避。在旅程的終點放置了一件貴重物品。它的價值對英雄或依賴英雄的人極爲重大。此一探索目標是推動與發揮英雄本色的原動力。英雄必須走完此段探索目標的旅程，方能說探索已告結束，目標是否達成並不十分重要。那些是英雄畢其一生探索的目標呢？可能是名譽（honor）與榮耀（glory）、勝利（victory）、社會秩序（social order）或愛（love）。

在探索過程中，英雄的舉止行爲均應合乎人性的要求。自古以來，滄海桑田，白雲蒼狗，唯有人之喜怒哀樂之情亙古不變。也唯有表達這些基本人性的作品才能普遍恆久，而恆久性與普遍性恰是衡量優秀作品的標準。人性永遠超越時空。透過文學作品，人性中的七情六慾、三綱五常得以赤裸裸地、完完全全地表露出來。因此，翻閱古今中外永存世間的不朽文學作品，我們發現，不論其主人翁是屬於那種類型的英雄，都具有細膩的人性刻劃。唯有充分剖析人性的作品才能產生共鳴共識，才能永垂不朽。甚至第一種英雄——神——也具有凡人的七情六慾，希臘羅馬神話諸神的行徑便是最好的印證。

英雄擁有常人的基本情感，因此，他可能會嘗遍悲歡離合。他往往必須在善惡之間掙扎、抉擇與取捨。在探索過程中，英雄時而展現人性善的一面，時而顯露其惡的一面。或情慾交織、喜新厭舊；或擇善固執，盡忠職守；或不擇手段，殘害忠良；或百口莫辯、沉寃待雪，在在都顯現英雄並非絕對完美理想。其複雜的探索過程證明了英雄有時是獸，有時是人，有時是神，不過是人的時候較多而已。世間居多數的凡夫俗子均樂意接納他們、認同他們，因為在這些英雄身上，往往可看出自己人性的投射。實際上，世間絕大多數的英雄原本凡人。然而，中共初期小說（一九四九～一九六六）中史詩性的英雄人物形象却非如此。

三、第六種英雄

中共初期小說，基於政治理念的需要，作品中的英雄被迫違反意志，常以政治化的宗教理念來探索名譽與榮耀、勝利、社會秩序或愛。人物的思考、感覺與行為模式，均受政治約束。政治超越藝術，作品的情節與人物均有特定型式。情節演化簡單——勝利或想像勝利。人物也分成下列幾種：黨員幹部，工農兵羣衆的領袖必定是絕對的好人；其次為滿腔熱血，追隨中共領袖的工人、農夫；第三等人是中間動搖分子或態度搖擺不定的知識分子；最後一個當然是面目可憎、無可救藥的地主、國民黨分子。橫切縱砍，幾乎所有小說中的英雄均是黑白分明、善惡判然的角色[5]。

[5] 參閱夏濟安，〈中共小說中的英雄與英雄崇拜〉(Heroes and Hero-Worship in Chinese Communist Fiction), *The Chinese Quarterly*, No. 13 (January-March, pp.19~63)。

這種角色導致人物造型僵化。此階段的小說，常以人之長相衣着來判斷人性善惡，結果，往往造成正面人物的過度凸顯與浮淺。抽象、理想化的典型英雄是「一個冷靜、敢作敢爲的人，計畫的實施一套有益社會的計畫。有時爲此甚至獻出自己的生命。」❻這種以「典型」來創造的人物，永遠把黨的心願與意志擺在首位❼，自然無血無肉、又缺乏性格、心理、思想的複雜性與深刻性，現實生活中根本不存在。

一九五八年間，毛澤東拋出「革命現實主義和革命浪漫主義相結合」的創作口號，要求作家以史詩效果來展現英雄人物的崇高壯美性格。這個口號被當時的作家視爲神般的「時代精神」(Zeitgeist)。它不是善神，而是強有力的神。必須遵從它，並與其並駕齊驅，絕不可落後，且永遠不得否定或挑戰之❽。這種以遵循典型環境中的典型人物爲原則，來塑造新的英雄形象爲中心人物的觀念，使得正面人物階級屬性十分明確，人物性格自然單純化、概念化、兩極化、一般

---

❻ Rufus W. Mathewson, Jr. Preface to the *The Positive Hero in Russian Literature* (New York: Columbia UP, 1974).

❼ Hu-Yuan Li Mowry, *Yang-Pan Hsi —— New Theatre in China* (Berkeley: Center for Chinese Studies, University of California, 1973), p.29.

❽ George P. Elliott, "The Person of the Maker" in *Experience in the Novel*, Roy Harvey Pearce, ed., (New York: Columbia UP, 1968), p.18.

化與臉譜化了。英雄角色的倒置、錯位（dislocation）與變形（metamorphosis）成爲文革前大陸史詩性小說的特色。

刻意美化主人翁，結果却造成角色概念化是≪紅旗譜≫（梁斌）的最大弊病。在作者筆下，主人翁朱老忠不僅是普通農民的典型，且是兼具民族性、時代性與革命性的英雄人物。他有舊時代起義農民的英雄品格：路見不平，拔刀相助；勇猛向上、正直無邪；有膽識、深謀遠慮；不奴顏屈膝，他敢怒敢駡、能說能打，向有組織、有計畫、有目標的鬬爭道路邁進。他幾乎成爲古今中外所有英雄好漢的綜合體。此類慷慨悲歌、摒棄私慾的英雄典型，令人敬畏。英雄來自羣衆，却與羣衆疏離了。≪三里灣≫（趙樹理）的正面人物王金生是黨政策執行人。他的思想、行動與言語都遵循政治，性格刻劃亦單薄乏力，不是個血肉豐滿的人物。≪三千里江山≫（楊朔）的作者常把「國際主義和愛國精神主義」濫加在書中主要人物姚長庚、姚志蘭、吳天寶頭上，加上主題思想平庸，人物都成概念化的影子。曲波在≪林海雪原≫中，把少劍波描寫成聰明才智超人一等，做事又有諸葛亮般的神機妙算。這種描寫常常變成過分誇張且不自然。

黑白分明的兩極化人物出現在此階段的「工業題材小說」中。書記正確，廠長錯誤；工人先進、技術人員落後；以生產事故表現正面人物的英雄行徑，以反革命分子落網作爲解決矛盾的方式。≪百煉成鋼≫（艾蕪）的秦德貴、李吉明和≪在和平的日子裏≫（杜鵬程）的閻興、梁建就是明顯的例子。

一般化與臉譜化亦是此階段正面人物的共同標籤。作家常以大量堆砌的抽象形容詞來粉飾英雄的種種缺失。《小城春秋》（高雲覽）的四敏是個「英勇、堅强、忠誠、沉着、穩重、老練，感情細膩豐富」的英雄，他平素「連螞蟻也捨不得踩，却在和人吃人的制度進行無情的搏鬥。」《紅日》（吳强）的沈振新氣慨英武、性格堅毅果敢。他不知疲倦，捨命爲國。他思考嚴謹、周詳精密。一切都爲了實現唯一的信念：消滅敵人、奪取勝利。

典型人物的心理思維過程亦與常人不同。《林海雪原》的楊子榮除了具備以奇制勝、大智大勇、膽識過人的非凡豪傑性格外，還擁有永遠忠於革命事業的崇高品性。所以他在深山遇虎和舌戰小爐將的關鍵時刻，他就想起黨和人民的囑託，終於消除了恐懼。《野火春風鬪古城》（李英儒）的楊曉冬作風樸實、善於結合羣衆。他沉着、果敢，能應付突發事件與複雜局面。他對黨無限忠誠，對勝利有堅定信念，個人得失與生死全置之度外。《保衞延安》（杜鵬程）的周大勇在〈長城線上〉此章的表現也是聞所未聞。他從死亡中甦醒過來，感到一種從未經驗過的孤單、害怕。這不是因他身陷屍體中，也不是感到死神招手，而是因爲他意識到自己犯了大錯：離開部隊、離開戰鬪崗位。强烈的革命英雄主義終於喚起他全身力量，他又爬回自己的戰鬪崗位上去。

過度强調對黨和人民的無限奉獻，英雄對愛的探索全被壓抑。「愛」成爲有强烈「貞節」觀念的英雄爲國、爲黨、爲人民保留的感情。這些英雄認定只要政治立場一致，就有愛情。爲了革命工作，就得犧牲、抑制個人的感情生活。此階段的英雄幾乎全過着單性生活。連母愛也得優先考慮到黨。《野火春風鬪古城》的母親拋棄了傳統的親情觀念。她愛兒子，更愛黨的事業。因此，在面臨抉擇的時候，她義無反顧的犧牲了兒子。《山鄉巨變》(周立波)的年輕女幹部鄧秀梅嚮往美麗的愛情，但黨交代的工作比個人感情更重要。衡量輕重，她只得把自私的愛化爲對當地婦女的關懷與同情。《歐陽海之歌》(金敬邁)的歐陽海，「不爲名，不爲利；一不怕苦，二不怕死」，一心爲黨爲主席，可以爲黨犧牲自己，但對異性從無興趣。

人性中的「是非」與「善惡」的「錯位」亦爲此階段不可忽略之特色。通常英雄可能要面對四種敵人：他自己、環境的內在敵人與外在敵人，以及可能危害他及其社會的某種野獸或自然力量(如洪水、地震)。刻劃英雄與內在敵人對抗過程時，應循常理來敍述英雄如何利用才智，掙脫困境，使社會恢復正常運作，發揮減少摩擦、擴大滿足的功能。但此階段小說中的英雄非但無法面對敵人，解決困難，反而常成爲新「道德」標準批判之對象。《乘風破浪》(草明)的宋紫峰廠長講求企業精神。經過實際核算，他反對當時提出的過高的鋼鐵增產指標；他强調發揮行政管理作用；他反對以手工業作風與農村作風來管理大鋼鐵廠；他十分重視技術人員。然而，這一切均成爲他的錯誤。五七年反右派和五八年反右傾運動，他都慘遭批判。作品對此人物的「右傾」與「業務掛帥」又蓄意渲染，結果顚倒是非與善惡。正直的人本來就無法生存於具有嚴厲權威者約束和對國家、人民職責有明顯概念的社會裏❾。

如何把這些完全契合恩格斯與高爾基要求❿的英雄歸類呢？英雄過多的社會對凡夫俗子是種極大的壓力。面對簇擁而來的英雄，凡人挫折感倍增，往往造成自我萎縮與無力，更不知何時方能學得這般不屈不淫不移？入聖超凡不是人人學得來的，也不是人人必須學的。王德威說得好：「如果人人皆『眞』成爲堯舜，滿街聖人，也就不必再頌揚一二先知先覺了。」⓫借助黑格爾的看法，或許對此類英雄會有更進一步的瞭解。黑格爾認爲：像奧賽羅（Othello）、馬克白（Macbeth）或李察三世（Richard III）這類英雄屬於「靜態」（static 或 finished）性格。他們選擇且遵循自己的生活方式。堅持原則是他們偉大的主因，不能以傳統道德標準來衡量他們，命運註定要征服他們。而茱麗葉（Juliet）却是「動態」（dynamic 或 developing）性格。她的寧靜心靈有如大海深處。此類英雄的意識覺醒時，生命中會出現轉捩點。他們分享的不是快樂就是

---

❾ George Bisztray, *Marxist Models of Literary Realism* (New York: Columbia UP, 1978), p. 13.

❿ 恩格斯與高爾基均强調現實主義應創造典型人物。參閱①《文學理論學習資料》（北京：北京大學出版社，一九八〇年十二月初版），頁三四二。②《論文學》（北京：人民文學出版社，一九七八年），頁一六二。

⓫ 王德威，〈畸人行——當代大陸小說的衆生『怪』相〉，《衆聲喧嘩》（臺北：遠流，一九八八年），頁二一〇～二一一。

死亡⑫。上面談到的那些英雄，似乎都無法歸類於「靜態」或「動態」範疇裏。這些英雄原本是傳次也類型中的第四類常人，但基於政治需要，作者絞盡腦汁把他們描述成第二類超人或第三類領袖。必要時，還可賦予像神具有的非凡能力，結果人物刻劃粗糙、概念化，缺乏血肉；其思想行動既模糊又不近情理。這些英雄就像嵌入牆內的浮雕，絕不是有稜有角的雕像。這種沒有具備完整人性、遠離紅塵的英雄，不但與現實世界疏離，最後也與自己疏離了。

四、「傷痕」與「反思」

一九七六年十月六日，中共發生宮廷式政變。從此，大陸文學進入歷史轉折期。同樣基於政治需要，作家却逐漸從政治工具束縛中解放出來，寫出大量干預生活、反映受傷一代的「傷痕文學」與「暴露文學」。作家「眼光從政治、政策需要的視角，轉向寬濶的社會生活領域中來，能主動地自覺地對社會生活做多視角多層次的觀察和發掘。」⑬稍後的「反思」文學在歷史內容上更爲深入。八〇年後的小說不再侷限於「傷痕」、「反思」的範圍，作品內涵逐漸深化。

⑫ George Bisztray, *Marxist Models of Literary Realism*, p. 13. 並參閱韋勒克與華倫合著，王夢鷗與許國衡合譯，《文學論——文學研究方法》（臺北：志文，一九七六年），頁三六五。

⑬ 張鍾等編，《當代中國文學概論》（北京：北京大學出版社，一九八六年），頁七。

作品觸角深入廣濶多樣的社會縱橫面，往昔的神話內容被現實問題所取代。作品的靈魂——英雄角色——也不再是聖廟中供奉的超人與領袖，而是在歷史發展受害的小角色——常人與卑微的人。英雄人物的變形爲七六年後小說作品的主要特徵。這證明了現實主義的再現。

現實主義的主要宗旨在於藉着替不幸的人們鳴不平，來激發人類的同情與愛心，藉此改善人生之困境。現實主義關懷現實人生，作品中人物的現實性必定日益增加，理想成分自然相對減少。結果，作品中的主人翁往往不再具有崇高完美的性格，其靈魂也因過多的衝擊挫折而逐漸墮落。作品中的人與事，自然由超奇趨向平凡⑭。同時，現實主義小說中的主人翁註定是被征服的受害者⑮。

一九四九年後的大陸是個不安、分裂、對立、貧困、鬬爭的社會。傳統思想和偶像的毀滅，接連不斷的政治運動，使得僅有現實生活能力的知識分子、中間層與充滿無力感的低層人物日益不安與焦慮。十年文革更使得大陸成爲一個是非不明、善惡不分的社會。長年處於不安和焦慮的現實受害者，自然而然成爲文革後以控訴、申寃爲主的作品的主人翁。

五六十年代史詩式小說中的主要英雄——幹部——此時已失去昔日光彩，不再是率領廣大羣衆向黑暗社會抗爭的二三類英雄。他們淪爲受批判或同情的角色。〈飛天〉（劉克）的謝政委設

⑭　王夢鷗，《文藝美學》（臺北：遠行，一九八七年），頁五。
⑮　吳魯芹，〈索爾·貝婁〉，《英美十六家》（臺北：時報文化，一九八一年），頁二九一。

計迷姦了飛天，却認爲「……只不過是生活小節上的錯誤，難道誰會因爲這樣的『小節』，來否定他爲黨爲人民立下的功勳嗎？」〈調動〉（徐明旭）的幹部全是特權官僚，互相勾結，織成密密麻麻的天羅地網，殘害百姓。另外，官復原職的幹部也官復原樣，充分顯現人性醜陋的一面，如〈悠悠寸草心〉（王蒙）的唐久遠、〈人到中年〉（諶容）的焦副部長、〈一束信札〉（白樺）的「爸爸」。當然，也有文革遭受迫害的幹部成爲受人同情的角色。〈小鎮上的將軍〉（陳世旭）的將軍雖然始終維持了自己的尊嚴，但依然除不去受害的疤痕。

歷史的無情巨浪淘盡了無數「英雄」。傷痕文學記載了「文革」十年動亂的傷痕，反思文學描寫範圍往前推移到文革前的十七年，深入廣泛地批判瀰漫「左」思想的共產社會。小說中的主人翁都是五七年反右派鬪爭和五八年「大躍進」以後農村中的受害者。〈天雲山傳奇〉（魯彥周）的羅群被「同志」地委書記吳遙陷害，打成右派，「愛人」宋微也成爲書記夫人。二十多年來，羅群一直未能伸寃。文革後，吳遙依然不肯鬆手，羅群三次申訴都被壓著。最後宋微幫忙，羅群才摘去帽子。〈布禮〉（王蒙）的鍾亦成十幾歲就加入共產黨，却因寫了一首小詩而被打成反黨反社會主義的右派分子。二十多年來，親密的戰友把一連串的災難加在他身上。幸好妻子凌雪對他有信心。文革後才眞相大白，但寶貴的二十多年已一去不回。像羅群與鍾亦成這類英雄早已失去十七年階段中幹部那般的意氣飛揚，反而成爲控訴社會弊病的代表。

十七年階段的農民英雄在反思小說中是受害者。原來與農民携手爲「革命」奮鬪的幹部成爲壓榨者。當年走上集體化道路的樸實農民，在極端狂熱執行「左」路線的幹部壓制下，生活困苦不堪，不禁對「革命」的眞義起了疑問。〈剪輯錯了的故事〉（茹志鵑）以時空交錯的手法、混淆不清的意識狀態表現了農民老壽對現實的憤慨與往昔的依戀。當年與人民同甘共苦的甘書記，眼前却不顧往昔革命情義，堅持運走四車糧食、砍倒梨樹。面對這位在不同年代有了不同思想行爲的老戰友，老壽不禁對革命起了疑問：「總覺得現在的革命不像過去那麼眞刀眞槍，幹部和老百姓的情分，也沒過去那麼實心實意。現在好像摻了假，革命有點像變戲法……看來戲法還是變給上面看的！這……這革命都爲了誰？」〈犯人李銅鐘的故事〉（張一弓）的黨委書楊文秀剋扣糧食，使公社農民斷糧七日，只得靠清水煮蘿蔔苟延性命，最後走上逃荒的道路。主人翁李銅鐘宰殺耕牛給鄉民解饑，楊文秀依然不肯幫忙，要他找代食品。李銅鐘無計可施，只好請求老戰友幫忙開倉，解了災荒。結果，李銅鐘被捕，死於「過度饑餓和勞累引起嚴重水腫黃疸性肝炎」。〈李順大造屋〉（高曉聲）省察了過去三十年大陸農村的悲慘生活。這位純樸的農夫爲了實現造屋的心願，節衣縮食。每次接近成功邊緣，就碰上政治運動，他的建材全部歸公。後來他以反動言行與當過反動兵的罪名被關了。獲釋後，嘴裏常常「不三不四地唱著一個小曲兒，把世界萬物都看顚倒了。」最後他靠賄賂與走後門，再度湊足造屋材料，只是所花費的時間已經從「舊社會」的三年變成「新社會」的三十年。

工廠英雄也成了軟脚蝦。〈喬廠長上任記〉（蔣子龍）的喬光樸是行家，他熟悉電機廠的弊病，上任後，以鐵腕著手整頓。他辭退臨時工，對正式職工進行考核、節省公帑，提前完成生產任務，却因此得罪許多人，包括那些曾大力支持過他的「長官」。他具有「領袖」的氣質，但在現實社會的奇特環境裏，不擅長搞人際關係成爲他的致命傷，結果他的精力「百分之四十用在廠內正事上，百分之五十用去應付扯皮，百分之十應付挨駡、挨批。」

具有「以道自期，以仁自任，以天下自許」的高貴情操的知識分子，在初期作品中，經常扮演卑微的「臭老九」角色。在反思小說裏，一躍而成主人翁，但其命運仍受現實社會支配。〈人到中年〉的傅家杰文革時「整天無所事事，把全部精力和聰明才智都用在家務上了。」四人幫垮臺，他又成了大忙人，連累了妻子陸文婷大夫，每天奔於醫院和家庭之間。血肉之軀無法忍受無窮的付出，終於病倒了。傅家杰以金屬疲勞道盡知識分子的悲哀：「金屬也會疲勞。先產生疲勞顯微裂紋，然後逐步擴展，到一定程度就發生斷裂……」

傷痕與反思文學的愛情不再是對黨，對「中央」的愛，男女主角也不再是蒼白無力的愛情旁白者。「英雄」對愛情的迷惘與懷疑成爲主題。〈晚霞消失的時候〉（禮平）的「革命英雄」後代李淮平與降將楚軒吾孫女南珊不期而遇而成好友。在文革狂熱中，李淮平親手毀掉此段感情。十二年後，他們在泰山山頂巧遇時，兩人已經三十二歲，往日情懷留下一片追憶，生理心理上的成熟使兩人黯然分手。〈褪色的信〉（諶容）的插隊知青章小娟在文革結束後，進了大學，才發現她原來是在這場可怕的十年浩刧噩夢中與農村青年溫思哲走到一起。〈被愛情遺忘的角落〉

（張弦）的沈荒妹擺脫了當年姐姐因與人發生關係被迫跳水自殺的陰影，不理會父母對自己婚事的安排。〈愛，是不能忘記的〉（張潔）的女主角與男主角一生中連二十四小時都未曾相處過，連手都不曾握過，却爲男的送的《契可夫選集》而一生背負精神愛情的十字架，自我折磨。追求人生的價值，探索人生的底蘊，已成爲這些故事中英雄的生存目的。

反思小說的主人翁也說明人在扮演不同角色的思想過程的變化。〈蝴蝶〉（王蒙）的張思遠熱衷於權力的追逐，在特殊的環境中，扮演了欠缺人性的英雄。等獨子多多上臺批鬪他，愛妻海雲自殺後，他開始進入自思、自責與痛苦的過程。他比喻自己爲莊子，夢見自己變成蝴蝶。醒來後，弄不淸自身是何物。最後，他從偏遠地區的人民中尋回了自我。〈北極光〉（張抗抗）的曾儲曾經「誓死捍衞……」「也曾經有過狂熱的年代，有過迷信、有過受騙，有過……凡是這塊土地上長大的青年會犯過的錯誤他都有過，凡是一顆眞誠的心會經歷的苦痛他都經歷過。」但他恍然大悟後，並沒有萬念俱灰、沉淪、墮落。他依然好打不平、熱切關心世事。環境如何惡劣，也阻止不了他上進的心。

「傷痕」或「反思」的主要目的在於訴苦、鳴寃。小說中的主人翁不再是神或超人，具有「領袖」本質的人行徑也與常人一樣。無所不能的英雄終於不見了，起而代之的是有血有肉的凡人或卑微的人。作家仔細描繪歷史大浩刼前前後後的衆生相。但由於取材的限制、創作理念的陳舊，作品本身的歷史意義遠超過藝術價值。藝術價值的提昇有待下一階段的努力。

五、新題材、新寫法

八〇年後的小說比現實主義作品更往前走了一步。「題材新，寫法新」⑯是最大的特色。背景不再侷限於短暫的四十年。無限時空，取之不盡，用之不竭。加上手法新穎，取材廣泛，展現了另一種風貌。

年輕一代作家的崛起也是促使此階段作品新穎的主因之一。他們以不同的表現方法來描繪英雄的奇特遭遇，展露了畸形社會中畸零人物的探索旅程；樹立女英雄的新形象；肯定人性尊嚴與人生價值。他們不但摒棄了文革前那種卡通式的超人，而且也擺脫了傷痕，反思中爭取同情的受害角色。

醜怪畸零人物的紛紛上場，無疑地給這個疏離世界再加個註脚。作家筆下呈現的盡是絕望、迷離、悲苦、焦慮、暴力、煩悶、冷漠等等。這些象徵都是人性的扭曲面。王德威認爲：「……另一種形體畸零、心智斲傷的角色，才堪稱是對傳統中共英雄論的一大反動。作家對這類角色的不斷描摹，不僅代表與日俱增的社會關懷，也透露其與權力機構進行政治對話的形式技巧，更上層樓。」⑰鄧剛的〈老寬〉是個扁形人：「胸懷寬大，心地透明，而且爲人極善良。」照樣娶妻

---

⑯ 西西，《閣樓》〈序言〉（臺北：洪範，一九八七年），頁五。

⑰ 王德威，〈畸人行〉，頁二一一。

生女，只是生活不便。體形限制，老寬當不成軍人、演員、秘書、足球守門員，只得當海邊倉庫保管員。奇特身子常被强烈海風吹得搖來晃去。他給自己做了個錨，人像風箏一般在空中巡視。經幹部表揚，記者採訪，老寬成了「敬業模範」，反而被調到一個更遠、更艱苦的露天倉庫。陳村的〈一天〉把張三的一生濃縮成一天。張三一輩子在同一工廠裏做同樣工作，單調乏味，退休時還爲自己保全了十個指頭而慶幸，他空白無意義的生命代表了絕大多數現代人的悲哀：每日被迫在同一崗位上做自己不一定喜歡的工作，始終找不到自己眞正的潛力，只得庸庸碌碌過了一生，眞不知這種生命有何意義。〈白狗鞦韆架〉（莫言）的獨眼女人遇到了當年同盪鞦韆而使自己一眼失明的「我」。由於生理上的殘缺，嫁了啞巴，生了三個啞兒，竟異想天開，在「我」歸途中等候，要求「我」幫忙生個「能說話」的孩子⑱。這種場面令人訝嘆。同樣場面也出現在鐵凝的〈麥楷垛〉中，大芝娘被幹部丈夫休了，第二天坐汽車、火車趕到省城，要才離婚一天的丈夫幫忙生個孩子，竟然如了願。卑微的人自有卑微的想法，往往無法以常理論斷其是非。

婦女一反傳統弱者、被保護者的角色，成爲眞正的女英雄，是此階段的一個重要特色。在大動亂時代，英勇行爲，崇高理想等等美德，對承擔家計的女英雄來說，不一定有用的，〈流逝〉（王安憶）的端麗就是個好例子。她跟先生帶三個小孩，與公婆、叔姑同住。一家重擔落在她雙

⑱ 關於大陸小說中畸零人物的探討，王德威在〈畸人行〉一文中有十分精闢詳盡的剖析。

肩上。原住房子文革時被沒收，公婆牢騷終日；先生事事依賴她；小叔在外面混不下去、賴家不走；小姑失去男朋友，精神不正常。端麗爲了家計，幫人看小孩，到工廠打零工。一人服侍八個正常與不正常的人，弄得她精疲力盡。文革後，定息、工資補發，存摺、房子還了，家中經濟大大改善，公公把一份錢給她，她莫名其妙地駭怕。她認爲自己有心無力，沒做什麼，不肯拿。事後與丈夫爭論時，才發現十年已流逝，自己的容貌、性格全變了。〈沒有鈕扣的紅襯衫〉（鐵凝）的安然個性豪爽坦率，好打不平，是新女性的典範。姐姐安靜、導師韋婉、同學祝文娟、朱曉玲的一舉一動，不論是非善惡，也都比文中的兩位中年男子——爸爸與馬主任——來得突出。廚房失火的剎那，爸爸慌亂不已。幸虧在場的祝文娟出主意，安然採取行動，才未釀成大禍，也使得安靜安然言歸於好。

在愛的探索方面，女英雄不顧世俗，事事採取主動。〈跌跤婚緣〉（高曉聲）的趙娟娟擦窗跌落壓倒了魏建綱，促成一段姻緣。沒想到魏的服務單位不同意，因爲趙是資本家拋棄的小老婆。結果魏慘遭洗腦、軟禁，不得與趙見面。趙是強者，使盡法子與魏的主管周旋，屢敗屢戰，終獲勝利。作者以反諷口吻敍述這段政治干預愛情的故事，調侃之情，躍然紙上。〈紅高粱〉（莫言）的奶奶在傳統的新婚之夜，手執利剪抗拒有痲瘋病的新郎。她不顧鄉人閒言閒語，與救她的情人余占鰲生活在一起，參與抗日工作。她的精明能幹令鬚眉之輩汗顏。臨死前，對自己一生的做爲不覺得後悔與羞愧。她不怕罪，不怕罰，也不怕進十八層地獄。〈荒山之戀〉（王安憶）的已婚女主人翁追尋新愛，看上了有婦之夫的男主人翁。他因生活環境一直不甚如意，始終畏葸退縮，處於被動。她逢場做戲，却弄假成眞。她不懼流言，不顧丈夫的責罵，追求「冒險的快樂，悲劇的高尙的快樂，叛逆的偉大快樂……」最後，她帶他上山，餵他毒藥，自己也吃了，以暴力達成愛的探索，英雄的愛畢竟也不是死亡的對手。〈綠化樹〉（張賢亮）的馬纓花不在乎名份，不願生活擔子沾汙了她與「我」的愛情，因此不願意受婚姻制度的約束。雖然言行開放，却守身如玉⑲。她對愛情的探索似乎超越了宗教、理性與道德，但本質上仍是創造的、肯定生命的。

英雄追求勝利，但探索的結果往往與原來的願望相反。雖然如此，英雄勇於與大自然、現實生活搏鬪，已給生命的眞義作了最佳的詮釋。英雄從懷疑生命或否定生命到肯定生命價值的探索過程，充分彰顯了人性的高貴。〈陶罐〉（鄭萬隆）的趙勞子，以七十五歲的高齡，在大江爆裂後的大水中掙扎求生。房子毀了，他被幾個熟人從大浪中拽了出來。他想起陶罐，又走回江中。他從打破的窗戶出來，一隻手臂緊摟紅布包，在浮冰中與死神搏鬪，終於上了岸，把陶罐的碎片對成完整的罐，飄然離去。完整的陶罐象徵人生的完滿。裏面裝了什麼東西，反而不重要了。張承

⑲ 蔡源煌在〈從大陸小說看『眞實』眞諦〉（臺北：《聯合報・副刊》，一九八八年一月四日—五日）對馬纓花這位女英雄有獨特的看法。

志的〈九座宮殿〉以人對傳說中寶物的探索，表彰人性不屈不撓的一面。蓬頭髮在沙漠中獨行二日，尋找「九座宮殿」古城作爲他的考察題目。缺少完整的裝備，他無功而退。出了沙漠，碰到韓三十八，才知道韓的祖先爲了尋找乾淨樂土，也曾闖入多次，沒幾個活著轉回來。當年，韓三十八背著整整一羊皮口袋涼水，進去三天也沒找著。兩個人的目標或許不盡相同，但探索的精神却是一致的，體現了中華民族子子孫孫與無情大自然搏鬪的不朽精神。〈閣樓〉（王安憶）的王景全熱心推廣自己發明的節能煤爐。他不爲名不爲利，只想把心血結晶推廣到每個家庭，却處處碰壁。更糟糕的是，有人盜用他的發明，到處兜售，又不做售後服務。連節煤辦公室的人員也動他的腦筋。每次回家，好生慚愧，只能以「蠻好」二字回答妻子的問話。從文革前奮鬪到文革後，一挫再挫，就是不認輸。最後，他竟然下定決心，準備騎脚踏車長征萬里，親自下鄉推廣，在在顯示了人的執著。〈最後一個漁佬兒〉（李杭育）的柴福奎是其他漁夫多半轉業後，唯一堅守打漁工作的人。魚量減少，收入大減。他不認命。他捉到大鮃魚，却不讓魚成爲籌碼，來交換一份永遠的工作。他寧願把魚餵了大猫，也不讓卑鄙的表外甥大貴沾上一口，也因此毁了成家的美夢。他堅持原則，犧牲了未來。

從上面的剖析，不難發現，八〇年代後的大陸小說，雖然不能說已經擺脫政治的影響，但已逐漸走上正常的創作路途。一望無邊、歷經滄桑的黃土地、動盪不安的時代背景、眞實豐富的社會經驗，都成爲作家取用不盡的寫作題材。在作家的辛勤耕耘下，文學的永恆主題——人的尊嚴、人的執著、人的掙扎、人的奮鬪——正如無數在衆山之間蜿蜒而行的小溪，終將滙成大河。

六、結語

本文借用傅次也的英雄分類，略述近四十年來大陸小說主人翁角色變遷，得到幾點初步結論。這些結論或許有助於他日更深入的研究。

長久以來，大陸小說一直受政治左右，常常淪爲某種政治運動的幫凶。政治氣候往往可決定作品的內容，以政治掛帥的作品，其藝術價值自然不高。文革前的史詩式小說，作家遵奉政治需求，以社會主義現實主義爲圭臬，塑造了概念化、表面化、兩極化、臉譜化的正面人物。這種非人的英雄角色成爲一九四九年至一九七六年之間小說的最大特色。文學作品完全成爲政治的附屬工具時，文學的基本功能自然喪失無餘，終於導致文學疏離現象。文革後，傷痕文學、反思文學蓬勃發展、文學疏離轉爲疏離文學。作家以主人翁的悲慘經歷來刻劃這段期間在政治、經濟、社會各層面的疏離現象。這些作品以闡揚人性爲主題，描寫社會的黑暗面與人性之扭曲乖離，頗有三十年代文學作品之風。在特殊的疏離環境中，作家嘗試挖掘社會的所有病態現象。他們始終堅持以暴露的手法來描繪不正常體制下受害者的不幸遭遇，但卻始終未能提出治療這些疏離弊病的處方。從某種角度來看，醜男怪女的描述，主人翁變態瘋癲行爲的計畫，使得原本已疏離的世界更爲可怕。

或許疏離確實是人類社會中一種普遍永恆的現象，但也不必强調只有疏離才能充分顯現社會弊病與現代人的絕離。部分反思作家似有這層認識。他們在深入追溯這段悲慘歷史的前因後果後，寫作的主題已逐漸從疏離轉向「調適」(accommodation)。馬奎斯・克倫 (Marcus Klein) 在研究貝婁 (Bellow)、艾里森 (Ellison)、包德溫 (Baldwin)、莫里斯 (Morris) 和瑪拉末(Malamud)的作品時，發現這些名家的作品在描述疏離之外，顯示出一種趨向調適的推力⑳。「調適」本意是指個人或團體之間，利用妥協或調停來消除或減少敵意，彼此互相調整的過程。依此定義不難瞭解，在〈棋王〉(阿城)、〈綠化樹〉、〈布禮〉、〈人到中年〉、〈蝴蝶〉等作品中，故事的主人翁最後總是設法調整自己，與周圍的人、團體或環境妥協了 (王蒙小說中的英雄幾乎全是調適者)㉑。另一方面，現代小說中的疏離本質，如自我崩潰(ego-disintegration)、逃逸 (flight)、自我監禁 (self-confinement)、空間錯位 (spatial dislocation)、漂泊

---

⑳ Marcus Klein, *After Alienation: American Novels in Mid-century* (Cleveland & New York: The World Publishing Company, 1965), p. 32.

㉑ 參閱拙著："Isolation & Self-Estrangement: Wang Meng's Alienated World." *Issues & Studies.* Vol. 24, No. 1 (January 1988), pp. 140~154.

（wandering）、退縮（withdrawal）等㉒，已不再出現在有調適現象的作品中。對於這些小說中的主人翁來說，榮耀、榮譽、勇氣、神聖並非猥褻的字眼㉓。他們認爲，這些抽象的概念似乎與奉獻、忠貞、責任、愛國心同義。這或許是因爲此階段的作品過分強調社會疏離，而把自我疏離暫擺一邊的緣故。

一九八三年以後，大陸小說不但在理論方面不再受制於社會主義、現實主義，在內容方面也不再侷限於疏離現象的描繪。魔幻寫實、意識朦朧、存在虛無等等形式敍述上的實驗，擴大了作家的寫作範圍與表現方法。題材的新奇、思想的新穎、情節的荒誕等使大陸小說再進入另一個新階段。故事中的英雄角色也從「調適」轉爲「超越」（transcendence）。英雄不再與自己與世界疏離。Gelfant 認爲，以疏離爲主題的故事，在「結尾時，愛自己、愛他人、愛世界的英雄能逾越疏遠（與認命）來肯定自我與奮鬥的價值。此奮鬥是自我與世界建立關係必須參與的。」㉔

㉒ Blanche H. Gelfant, "The Imagery of Estrangement: Alienation in Modern American Fiction." in Frank Johnson, ed., *Alienation: Concept, Term and Meanings* (New York: Seminar Press, 1973), p. 299.

㉓ Ernest Hemingway, *A Farewell to Arms* (New York: Charles Scribner's Sons, 1948), p. 202, 此小說主人翁說：「像榮耀、名譽、勇氣或神聖這種抽象字眼都是猥褻的……」

㉔ Gelfant, "The Imagery of Estrangement: Alienation in Modern American Fiction." p. 307.

這些作家藉著轉型中的現代社會的疏離層面，嘗試以作品中主人翁的弱點來反映當代中國人的弱點；以其失望展現當代中國人的失望；以其困境代表當代中國人的困境；以其痛苦顯示當代中國人的痛苦；以其幻滅象徵當代中國人的幻滅。然後，他們再以其獨特高超的藝術手法來超越這些弱點、失望、困境、痛苦與幻滅，肯定人的尊嚴與執著。這些現代英雄經歷的苦煉與酷驗在在彰顯了人性的偉大、高貴與永恆。

當前部分大陸小說似已掙脫政治束縛，在藝術道路上邁出了一小步。此一小步他日是否能成爲文學歷史上的一大步，還有待未來作品的驗證。

第三章　社會、自我與人性——疏離現象

一、前　言

談當前大陸小說，就學術研究範疇而言，似可從政治、經濟、社會、歷史、文化、心理等不同層面深入研討。大陸三十多年來的政治變亂給不同領域的學者許多寶貴資料。如果細心檢驗，不難發現，大陸每次政治運動的因果，並非由一種社會型態轉移或變化成另一種社會型態，而是同一個社會型態內在的衝突與演變。在這種藉政治活動而產生社會互動的過程中，文藝一向扮演主導角色。中共當權者在發動每次羣衆鬪爭時，常以一篇文章、一本書或一齣戲做爲導火線。李怡說：「紅色中國的歷史是一部文藝批判史。」❶誠哉斯言！因此，研究當代中國問題的學者專

❶ 李怡，〈中國爲什麼對文藝如此敏感？〉，《七十年代》（一九八二年六月號），頁九。

家可從文藝作品中——尤其是小說，找到部分研究需要的相關素材。雖說小說泰半虛構，但以現實主義掛帥的當代大陸小說却與社會變遷、政治轉移有着十分密切的關係。此亦爲其特色之一。彭華侖（Robert Penn Warren）說：「小說隨着世界的變遷而變化，每個時代產生其自己的小說。」❷一九七七年後的大陸小說給這段話做了最佳的印證，因爲當前大陸小說不僅確實是社會變遷過程的精髓，充分展現時代的脈動，而且是中共政權三十多年來的縮影與摘要。十年（一九七八～一九八七）來，作家以更深遠、更廣闊的視野來觀照現實，並截獲、收錄了紛繁複雜的人性，進而體現與升騰了人性高貴的一面。

無論以何種角度爲出發點，研究當前大陸小說均需涵蓋「疏離」（alienation）層面。「疏離」一直是大陸社會各種層面的共同現象。周揚、王若水都承認大陸有思想、政治和經濟三種疏離❸。八三年底，中共發動「清除精神汙染」運動，與八六年的「反對資產階級自由化」運動，完全針對文藝界一再鼓吹「人性和人道主義復歸文學」的說法。中共當局認爲，這種呼應「社會主義疏離論」的「疏離」文學，對社會主義制度造成重大的傷害❹。實際上，「疏離」文學的崛

---

❷ Cleanth Brooks & Robert Penn Warren, *Understanding Fiction* (New York: Appleton-Century-Crofts, Inc., 1979), p. 1.

❸ 周揚，〈關於馬克斯主義的幾個理論問題的探討〉，《人民日報》（一九八三年三月十六日）。王若水，〈談談異化問題〉，《新華月報・文摘版》，一九八〇年十月號。

❹ 〈建設精神文明，反對精神汙染〉，《人民日報》，（一九八三年十一月十六日）。

起證明了「人性」文學的再發揚。劉再復認爲：「……新時期文學作品的感人之處就在於它以空前的熱忱，呼籲人性、人情和人道主義，呼喚着人的尊嚴和價值。」❺況且文學作品的主要目的在於探討「人」在社會上的處境，並追求「人」的價值，自然可從疏離角度來揭露和探討社會主義社會的「非人化」(impersonal 或 dehumanized) 現象。誠如蓋塞 (Jose Ortega Y Gasset) 論及藝術之非人化所言：「我們談論的藝術是非人的，不僅因爲它包括了無人性的事物，而且因爲它是一種非人化的明顯行爲。」❻揭示非人化的現象，反襯出對人性的渴望與發揚。

七七年後的大陸小說，若以作品發表時間與實際內容來劃分，可略分爲傷痕、反思與尋根三階段。若以作家對於現實社會的認同態度爲標準，似可分爲疏離、調適與超越。此種分法自然是概略性的。階段之區分並非十分明顯，有時往往三種類型的作品同時出現。劃分的目的在於方便研究。本章只探討疏離現象，先淺論疏離理論之演進、疏離與文學，再以小說中的疏離現象說明之。結語部分，總括全面，並提出數點看法。

二、疏離文學

❺ 劉再復，〈大陸新時期文學的基本動向〉，《中國論壇》（一九八八年五月號），頁二六。

❻ Jose Ortega Y Gasset, "First Installment on the Dehumanization of Art," Robert Con Davis ed., *Contemporary Literary Criticism* (New York: Longman Inc., 1986), p. 35.

alienation 一字有異化、疏離、孤立、不和等義，其範圍隨時代與社會之變遷而有所不同。昔日，黑格爾（Hegel）的精神疏離、費爾巴哈（Ludwig Feverbach）的宗教疏離、馬克斯的勞動疏離，先後給予疏離不同的意義與層次。隨時代之演進，疏離範疇也日趨廣泛。疏離已成當代社會中「人」的中心問題，也是現代社會學者最關切的社會心理現象。弗洛姆(Erich Fromm)認爲，自我感的失落已成爲現代疏離者的病核❼。目前，人在工業社會的生活過程終將疏離推衍至生命的各種領域。Lystad 指出，社會秩序的疏離與自我疏離息息相關❽。科學越進步，人類的天生本能的失落越多；人的勞力越「社會化」（socialized），更多的個性將會消失。學者在對照社會與人、集體與個體後，確認社會與集體之存在，必定無法避免導致人的疏離。因此，貝格（Berger）與布爾貝（Pullberg）說：「疏離是所有人類歷史中，最典型的世界性與永久性的現象。」❾米兹路契（Mizruchi）表示：「再也沒有一個術語比『疏離』更能廣泛使用來說明當代

❼ Erich Fromm, *The Sane Society* (New York: Rinehart, 1955), pp. 120~121.

❽ Mary Hanemann Lystad. "Social Alienation: A Review of Current Literature," *The Sociological Quarterly* 13 (Winter 1972): 101.

❾ Peter Berger & Stanley Pullberg, "Reification and the Sociological Critique of *Consciousness*," *History & Theory* (1965), 4: 194~211.

人的絕望與抑鬱。」❿

當代學者除了對「疏離」一詞的解釋有「客觀」與「主觀」之差異外⓫，西門（Melvin Seeman）提出的疏離相互關聯層面與麥札勞斯（Istvan Meszaros）的疏離概念，也値得我們注意。西門認爲，疏離相關層面有五：無能力感（powerlessness）、無規範感（normlessness）、無意義感（meaninglessness）、孤立感（isolation）和自我隔絕感（self-estrangement）⓬。麥札勞斯的四個疏離概念爲：與「自然」疏離、與「自己」疏離、與「人類」疏離、與「他人」疏離⓭。仔細研究，我們可以發現，層面與概念都充分顯示疏離程度的相互聯繫，而非獨立存在。因此，人的疏離現象往往非單一現象，而是數種層面與概念的融合。

至於以實際文學作品作爲研究對象，而發展出來的理論，可以特維斯（Irene Taviss）提出

---

❿ Ephraim H. Mizruchi, "An Introduction to the Notion of Alienation," Frank Johnson, ed., *Alienation: Concept, Term and Meanings* (New York & London: Seminar Press, 1973), p. 114.

⓫ 參閱拙著《人性與「抗議文學」》（臺北：幼獅文化，一九八四年），頁七八～七九。另參閱該書九十一頁註四九至註五五。

⓬ Melvin Seeman, "On the Meaning of Alienation," *American Sociological Review*. Vol. 24, 1959, pp. 783~91.

⓭ Istvan Meszaros, *Marx's Theory of Alienation* (London: The Merlin Press, 1970), p. 52.

的類型作爲代表。特維斯在〈疏離形式之變遷〉一文中，提出兩種疏離：「社會疏離」（social alienation）與「自我疏離」（self-alienation）。特維斯說，（一）社會疏離：個體自我發覺其生活的社會系統難以忍受，或與自己的某些慾望不相調和，於是覺得與社會系統隔絕了；（二）自我疏離：個體自我不再接觸與盛行的社會模式不一致的意願、慾望，便依據明顯的社會需求來操縱自我，然後發覺無法控制自己的行爲⑭。

無論是學者對疏離研究之層面、觀念或類型，或作家筆下現代小說的疏離本質或解決方法，如自我崩潰（ego-disintegratioo）、逃避（flight）、自我監禁（self-confinement）、空間錯位（spatial dislocation）、漂泊（wandering）、退縮（withdrawal）、死亡（death）等⑮，均爲「非人化」過程的表徵。人性的剝奪、個性的失落、人情的缺乏，在在呈現畸型社會的黑暗面與人性之扭曲乖離。

其次，本文將論及中外文學中的疏離現象。夏爾（John H. Schaar）發現，「疏離」概念最早出現在希臘文學與《舊約》中⑯。荷馬曾刻劃一個「無家、目無法紀、無情」的人。他遠離同

---

⑭ Irene Taviss, "Changes in the Form of Alienation," *American Sociological Review.* Vol. 34, 1969, pp. 46~47.

⑮ Blanche H. Gelfant, "The Imagery of Estrangement: Alienation in Modern American Fiction," Frank Johnson ed., *Alienation: Concept, Term and Meanings,* pp. 297~299.

⑯ Ephraim H. Mizruchi, p. 112.

件，註定要在宗族與家族的友誼之火外，跋涉荒地，踽踽獨行。《舊約》的 Abram 是疏離者的「典型」(prototype)與共同的象徵⑰。Zito 認爲莎士比亞反映在其劇本《雅典的戴蒙人》中的意念，顯然與疏離主題有關⑱。現代的存在主義者更確定疏離植根於人的身分。

在當代西方文學作品中，作家眞實精確地刻劃出當代人的疏離與其隱匿的生存方式。以卡夫卡(Franz Kafka)爲例，《審判》(*The Trial*)、《城堡》(*The Castle*)與《蛻變》(*The Metamorphosis*)中的主人翁完全非人化，變形爲面具或巨蟲⑲。人的疏離與無家可歸的命運也同樣出現於許多名作中，如喬埃斯(James Joyce)的《一位年輕藝術家的畫像》(*A Portrait of the Artist as A Young Man*)、海明威(Ernest Hemingway)的《戰地春夢》(*A Farewell to Arms*)、伍爾夫(Thomas Wolfe)的《浪子回頭》(*The Return of the Prodigal*)、米勒(Arthur Miller)的《推銷員之死》(*Death of A Salesman*)、貝

---

⑰ John H. Schaar, *Escape from Authority* (New York: Basic Books, 1961), p. 174.

⑱ Zito, "On Shakespeare and the Sociology of Literature," E. H. Mizruchi, ed., *The Substance of Sociology: Codes, Conduct and Consequences*, 2nd ed. (New York: Appleton, 1973).

⑲ Fritz Pappenheim, *The Alienation of Modern Man* (New York: Monthly Review Press, 1959), p. 34.

婁（Saul Bellow）的《何索》（*Herzog*）與艾里森（Ralph Ellison）的《隱形人》（*The Invisible Man*）⑳。作家與讀者都承認，社會中確有疏離現象，並設法尋求療治之法。

對於熟悉中國文學的人來說，「疏離」並不是陌生的名詞。長久以來，疏離一直是中國文學中一個重要概念。疏離始終是熱中功名、遭受挫敗的士人所偏愛的主題㉑。一旦他們在仕途上慘遭貶黜，被迫辭官歸鄉，便吟詩撰文遣其岑寂或疏離感，但依然拳拳服膺，企盼東山再起，重返宦途。換言之，其疏離感僅爲一時之感受。這些人持有兩種心態：在位時，他們是具有强烈使命感之儒者；去職時則成爲寄情山水、鄙視塵世之道家。此種精神上自我放逐之疏離，在詩詞上最明顯，且純粹是個人的。退隱江湖的疏離思想確實有助於人們擺脫塵世紛擾，進入內在自我的精神世界。作者疏離功利社會，寄望在想像世界或烏托邦中尋求庇護。他們十分關懷自己的精神生活，期盼遠離紅塵、撫慰仕途上之挫敗。然而，即使他們有心，往往也無法再與他人福禍相共，因其不再掌權，事事落空，深感無能爲力，便逐漸遠離現世，終至湮沒無聞。對他們而言，離君去國，生命已無意義，沒有喜悅、缺乏信心和眞實感。從其生活中，可發現與世隔絕的模式；在其作品中，可找出與自我隔離的重塑經驗，充分展現其心理投射與社會疏離之現象。

---

⑳ Ibid, See also Marcus Klein, *After Alienation: American Novels in Mid-Century* (Cleveland & New York: The World Publishing Company, 1965), pp. 33~146.

㉑ 黃永武，〈隱逸詩與疏離感〉，《中央日報・副刊・海外版》（一九八七年四月十五日）。

晚清之「譴責小說」，以針砭時事、嘲弄風俗爲主。作者譏時諷世，揭發社會之種種醜態，不再在逃離塵世中尋求滿足，而關注整個社會的疏離現象。三十年代作家亦循此路，作品以暴露社會陰暗面爲主。他們極度關懷國事，抨擊當時社會與政治之種種弊病，盼望能爲國人建立更快樂的生活、更美好的社會、更強大的國家。但受現實之限制，作品影響力不如作家想像的那樣恢宏浩大，他們深感失望，心中漸興絕望之感。目睹國人身遭種種煎熬，却束手無策，只能袖手旁觀。如果想與現實世界妥協，則常懷畏懼，內疚之情久驅不去。他們漸成疏離者，除與社會疏離外，又深受無力感之困擾。久而久之，他們也與寫作疏離了。不滿政治，却身不由己常捲入政爭。其政治觀念與當政者南轅北轍，遲早必與政治力量疏離。魯迅亦有同樣感受㉒。五四運動後，文學工作者確認自己爲社會的代言人。當時的政府又完全無法應付社會逐日遽增的基本需求。作家自然會與政治疏離。在三十年代，連魯迅這樣深受重視的作家都有嚴重的疏離感，遑論其他的作家了。

一九四二年五月，毛澤東發表〈在延安文藝座談會上的講話〉，强調文藝附屬於政治，嚴重傷害了五四運動以來的批判寫實傳統。作家無法隨心所欲刻劃目睹之疏離現象。刀鋸在前，鼎鑊

㉒ Leo Ou-fan Lee, "Literature on the Eve of Revolution: Reflection on Lu Hsun's Leftist Years, 1927–1930", *Modern China* 2 (July 1976), 3: 278.

在後，貶逐餓寒，瀰漫於前後之間，作家已成無力之輩。然而，不論環境如何險惡，禁忌如何森嚴，許多作家依然本諸良心，描繪所聞。他們堅信，藝術不懼專制、苛政、鎮壓或守舊之八股。他們別無選擇，唯有以無畏堅毅之態度，大步邁進，來展現信仰。因此，他們常受環境之逼迫，不得不常與寫作疏離，與自己作品疏離，甚至與自己疏離。這些「頑葦」(stubborn weeds) 確實最有資格刻劃現代中國之疏離現象。雖有三十多年之壓抑，作家依然堅持以古今人類社會中普遍恆久之疏離現象來闡揚人性。作品傳出的種種訊息，凸顯了現實社會之殘酷與疏離，和作家追求永恆人性之嚮往。

文革後的大陸小說數量十分可觀。本章對於疏離現象之敍述無法周全，只能取樣討論之。雖僅以數篇作品爲研究對象，但在作家苦心經營、精心布局與細心描述下，大陸近四十年之疏離現象，已可看出端倪。

三、時空變遷下的疏離

中共以「土改者」自居。「革命」之能成功，農民應居首功。中共的文藝創作亦以「工農兵文學」爲號召。諷刺的是，經過三十多年，農村依然凋零、落後與閉塞。政策的失敗，幹部的「刀俎」心態，事事掣肘攬局，加上諸種瘋狂不斷的政治運動，更凸顯了身爲「魚肉」的農民的無力與無奈。「革命」了三十多年，食與住仍然無法解決，憨直樸實的農人自然滿懷疏離。

〈剪輯錯了的故事〉（茹志鵑）的老壽，是個「從沒見過他發過脾氣，也從沒見過他有過氣惱。爲了將來能過上好日子，餓肚子也沒叫苦」的憨直農夫。當年爲了支援革命，獻糧、砍棗樹是理所當然的，因爲革命是爲了窮老百姓啊！「到共產主義那更美了，吃香的、喝辣的，任挑。」然而，眼前現實生活的殘酷却不停折磨着老壽。爲了趕上時代，老壽家鄉的甘木公社放了一顆特大的衞星，宣稱可畝產一萬六千斤。等要把四車糧食往上送時，老壽着急了。他擔心往後口糧每人一天只有八大兩。他出面與當年革命夥伴甘書記力爭，反遭一頓教訓。老壽開始懷疑未來：「……過好日子還要在將來……將來又是什麼時候呢？與許是自己老背時了，老落後了。」等甘書記要求在三天內，把過了二十天就可收成的梨樹砍倒，整理成耕地時，老壽不禁想起當年砍棗樹爲革命獻硬柴的往事。前後對照，老壽心中的懷疑日益增大：「他說不出，但總覺得現在的革命，不像過去那麼實心實意……這，這革命爲了誰啊！」眼前的事實與往昔的夢想互相對照，老壽發現，他逐漸疏離了閹割夢想的社會。終於，他與甘書記起了正面衝突。甘書記指責他：「他要向右倒，想拉也拉不住啊！」他崩潰，忍不住有了逃逸與自我監禁的念頭：「我是塊石頭，絆脚的石頭，我趕不了這形勢，我鬧不來這革命，我想不通，把我搬掉吧！搬掉吧！……」當年的承諾與美夢一一破滅，老壽依然回憶過去，懷念昔日的老甘。老壽無力對抗現實，與環境疏離的轉折的描寫，鮮活感人。

往昔同甘共苦的夥伴成了長官。老壽十分天眞，自認老甘會念舊情，聽他的勸告。他不知道時機不對，階級不同，老甘早已忘却不甚「光榮」的往事，怎肯再與他平起平坐？當年，老壽獻糧獻柴是心甘情願，因爲美好的未來指日可待。如今，未來沒把握，現實更令人畏懼，疏離感必定油然而生了。

如果老壽的疏離現象仍欠鮮明，〈李順大造屋〉（高曉聲）的李順大可說是十分突出的例子。同樣是農夫，同樣對共產黨信心十足，李順大雖然不像老壽那般具有革命情懷，他只能勉強算是一個跟跟派，但他造屋的雄心大志却完全植根於共產黨的承諾：「……他是靠了共產黨，靠了人民政府，才有這個雄心大志，才有可能使雄心大志變成現實。」他深信傳統說法，「要用『吃三年薄粥，買一條黃牛』的精神，造三間屋。」因此，他始終刻薄自家人。不但太太、兒子跟着受苦，連妹妹順珍爲了報答哥哥恩情，甘願把一生中最美好的青春歲月，留給她哥哥的事業——造三間屋。但李順大却忽略了時代在變，共產黨常不按牌理出牌。他雖有愚公移山的精神，共產黨却不給機會讓他表現這種堅毅不拔的精神，每次政治運動後，一座大山又聳立在李順大面前，他得一切從頭來過。公社時期，他辛苦買來的造屋材料給充了公；文革時，一位造反派的頭頭動了腦筋，讓李順大乖乖把積存在枕頭下二百一十七元雙手獻出。結果，他却因成分問題、當過反動兵、說過反動言行三樣罪名進了牢。雖說在牢中能有機會詳細研究建築學，但所吃的苦頭使他擔心自己會變成「修」：「他有點吃驚，覺得自己變牛變馬都可以，但是不能變『修』。

『修』是什麼東西呢？是一只黑鍋，是一只不能燒飯，只能駝在背上的裝飾品，是一個沒有生命因而不會死亡，能夠世代相傳的『傳家寶』。」無知又迷信的李順大從此整日籠罩在這無形卻又深具殺傷力的東西之下，夜夜不得安眠：「他總是睜大眼睛，以防在昏睡中不知不覺變成一只黑鍋。」這段非人化的描寫，不由得讓我們想起卡夫卡《蛻變》中變成大甲蟲的主人翁 Gregory。與現實社會隔絕，與自己疏離的刻劃，令人駭怕。最後，李順大走後門，靠賄賂，才買全造屋材料。無論如何，他依然無法寬恕自己的作爲：「做了這些腐蝕別人的事，李順大內心慚愧……他的靈魂不得安寧。有時候半夜醒過來，想起這件事，總要罵自己說：『唉！呃，我總該變得好些呀！』」

高曉聲在陳奐生系列小說（包括〈漏斗戶主〉、〈陳奐生上城〉、〈陳奐生轉業〉、〈陳奐生包產〉）裏，更進一步詮釋存在於農村的疏離現象。往昔，長輩教誨後生子弟時，總是勉勵要勤奮工作。只要勤奮，不怕沒飯吃。但老實、質樸、勤勞的陳奐生的遭遇卻提出了反證。多年來，他一直爲自己肚皮奮鬥，但始終處於饑餓邊緣。他忍了又忍。到了忍無可忍的年代，竟然異想天開，想要堂兄給報社寫封信，替他訴苦。他不知那是限制肚皮、限制發財的時候。他連肚皮都塡不飽，那有力量去跟聲勢浩大的行政衙門對敵？最後，他只有退縮。對現實失望，還得說「還是看看再說吧！」「再餓一年看。」

物質上的匱乏導致精神上的空虛。陳奐生上城、轉業和包產，塡飽了肚皮，精神上又有另一種危機。多年來參與集體生產，他早已喪失自主的能力，驟然要變成眞正的主人，長久養成的忍性與奴性讓他適應不來。面對連串的變化，他的軟弱與依賴的本性不得不使他對周遭起了疏離感。他無力對抗環境的變化與壓力，只能在精神上求勝利，成爲文學史上的另一個阿Q。

四、白色恐怖雲霧下的集體疏離

根據馬克思的勞動疏離，疏離是工業化社會的一種現象。但非工業化社會同樣免不了這種世界性的現象。Lystad 指出，在社會文化急速變遷的非工業化社會裏，疏離也是一種重大的社會現象㉓。大陸社會的疏離現象往往是集體性的。在長年的批鬥中，整個大地似乎籠罩在白色的恐怖雲霧裏。無論是社會疏離或自我疏離，往往不是自發的，而是在特殊制度壓抑下的產物。〈啊！〉（馮驥才）的吳仲義的遭遇，便足於證明此點。吳仲義的「歷史如同一張白紙，平時的言行又相當謹愼，無懈可擊。……是個多餘的人。」批鬥運動開始時，他的組長交代：「……每人回家都不准停止大腦的思維，去回憶平日哪些人錯誤言行，以及可疑的現象和線索，做好互相檢舉揭發

㉓ Mary Hanemann Lystad, “Social Alienation: A Review of Current Literature,” *The Sociological Quarterly* 13 (Winter 1972): 100.

的準備。」但他認爲自己一向循規蹈矩，不會出差錯的。沒想到哥哥的來信却使他日夜不安，經歷一段非人生活。原來十多年前，他也曾公開批評國家體制，當場贏得朋友的讚賞，原本準備第二天在學校自己班上重述一遍，但苦無機會。哥哥的朋友陳乃智把他的觀點在單位裏當衆闡述，成了替死鬼，但沒有說出出處。從此，吳仲義變了形，與他人隔絕，與自己疏離了。

哥哥在信中告訴他，陳乃智怕經不住高壓，說了實情。他寫了封信，請哥嫂放心。沒想到，信還沒寄出就弄丟了。他十分擔心信的內容會牽連到哥嫂，變得神經兮兮的。當年曾貼過他大字報的趙昌逮住機會，力求自保，與政工幹部賈大貞合作，軟硬兼施，吳仲義終於坦白一切，主動交代他的往事，結果害了哥嫂。等運動過後，在路上挨了嫂嫂的兩個耳光，才發覺自己已不是人：「禽獸！禽獸！你爲什麼不死？」最後，「生活一下子又把奪去的一切重新歸還給他了」時，他忍不住「伸起胳膊，放聲呼喊口號：『無產階級文化大革命萬歲！』」此時，吳仲義已不辨是非，沒有人格，只求苟活。諷刺的是，回到家裏，準備洗洗好久沒洗過的臉時，才發現丟失的信竟然黏在臉盆底下。一切災難全白受了。

以「不當」的言談、文字而造成莫名的批鬪，吳仲義並非絕無僅有的例子。〈布禮〉(王蒙)的鍾亦成的下場比他更悽慘。十五歲就加入共產黨的青年幹部鍾亦成，寫了一首名叫〈冬小麥自述〉的小詩，背上「發洩對黨和人民的刻骨仇恨，變天的夢想，反攻倒算的渴望」的罪名。不久，「揭發鍾亦成的大字報一張又一張地出現了……一個好好的人只要一揭就會渾身都是瘡疤。」

他成了反黨反社會主義的資產階級右派分子。五七年，他被定爲右派，開始長達二十年的酷驗。長期批鬪使他完全失去信心，竟認定自己是「分子」、敵人、叛逆、罪犯、醜類、豺狼、惡鬼。六七年，長官老魏也挨鬪，他和當年批鬪他的宋明一起陪鬪，更使他對生存的社會起了嚴重的疏離感。但心目中的圖騰依然搬移不去，影響他的判斷：「……黨鐵面無私！黨偉大堅强！哪怕我只是下意識地說過不利於黨的話，寫過不利於黨的文字，哪怕我只是在夢中有過片刻的動搖，黨應該採取果斷的措施。」

面對排山倒海般的指摘，鍾亦成不得不替自己找些莫須有罪名。上學想出人頭地，變成「靈魂裏就充滿了個人主義、個人英雄主義的毒菌」，同時懷疑自己入黨動機不純。批鬪進行時，他常有若外人，站在一旁，對自己作無情的批評。這種由社會疏離轉變自我疏離的過程令人毛骨悚然。他的一生，「不過是一場誤會，一場不合時宜的災難，一聲哀鳴罷了。」七九年他獲得平反，還得繼續稱讚一再迫害他的黨，疏離程度可說是達到顚峰狀態了。

人一陷入特殊的政治環境內，遭受非人化的迫害，往往會懷疑自我、喪失自我、否定自我，進而擺脫自我，如旁觀者一般，冷酷批判自我。吳仲義、鍾亦成就是大動亂時代的犧牲者。〈歸去來〉（韓少功）的「我」再提供一個喪失自我、逃避自我的令人顫慄與惶惑的例子。故事中的「我」經過十年苦難，回到一處「似曾相識」的地方。面對不陌生的環境、淳樸鄉民的熱烈招呼，雖然一時不承認自己是「馬眼鏡」，但往事却幕幕再起。「我」記得自己曾動手殺了當地的兩頭蛇陽矮子，坐了大牢。「我」逃避過去，但又無法否定過去，於是含含糊糊回應鄉人的問題。從鄉民的言談中，讀者終能拼湊成完整的故事。「我」與四妹子見面時，終於承認自己是「小馬哥」。四妹子幽幽地責備「我」辜負了她過世的姐姐，「我」找些說服力不強的遁詞搪塞。離開之後，「我」做夢時，依然在同一山路走著走著。故事結尾時，在電話中，朋友稱「我」爲「黃治先」，使「我」陷入莊子夢蝴蝶般的「困境」。

這三篇故事有一處共同點，値得讀者玩味。三篇小說都曾提到喝水撒尿。〈啊！〉的秦泉「一天不停地喝水和上廁所」；〈布禮〉的鍾亦成在被定爲「右派」的過程中，「不斷地小便，不斷地出汗，每二十分鐘，他小便一次」；〈歸去來〉的「我」從夢中驚醒過來，「喝了三次水，撒了兩次尿」。心理壓力造成生理排泄功能失調，更凸顯了故事的疏離徵象。

五、在蜘網中掙扎拼鬪的人們

疏離社會中仍有無數的英雄。他們的理想常與現實衝突，強化了英雄的無力與孤絕。如果英雄不自知或不死心，依舊堅決與龐大冷酷的社會對抗，必難逃失敗。王安憶〈閣樓〉的王景全扮演現代的吉訶德先生 (Don Quixote)，兒子阿大成了忠僕桑可潘蒁 (Sancho Panza)。王景全本來在工廠負責技術革新工作，因爲對自動化問題說了實話，以「反對局長，反對自動線」的罪名，從上海貶到廣西去批公文。他待不下，只得辭職返鄉。他熱衷於研究民用節煤爐。他一不要工作，二不要鈔票，只求能把節煤爐推廣出去。他在街頭、辦公室、食堂表演過，寫出的信有一二百封，全無回音。一天，父子倆扛著一隻煤爐、煤球、柴火、米，一齊出發，如吉訶德先生帶著忠僕出征一般，不同的是，對象並非巨人、冷漠、無生命的風車，而是像手工業管理局、市政府、金屬公司這類的官僚衙門。歲月就在無數的挫折中消失了。面對跟隨他吃苦多年的太太，只有「蠻好！」二字的辛酸答話。唯有在自家閣樓做實驗時，他才能暫時擺脫世俗煩惱：「……那熱烈活躍的火苗使他剛才不愉快淡漠了。他注視著那快樂的通紅的火苗，心裏陡然明淨得透澈，只有那一苗單純的火焰在跳躍。」

除了要經常在官僚衙門進出外，王景全還得應付他人的剽竊。鄰居小黃告訴他，有人仿照他的煤爐在街上公開出售。他趕去時，人羣早散了。另一次，他在展覽會看到自己改良過的食堂爐竈，當場理論無效，找飯師傅去作證，後者反而勸他吃點虧算了。他變得十分懊喪，無力與無規範的社會抗爭，幸好始終有太太、小孩和鄰居的支持。

他給中南海上了書，又引來另一隻狼——小王。小王三番兩次要他的圖紙。這次，王景全學乖了，才沒讓小王得逞。他對於由上面來推廣一事已完全絕望，傷感地對小黃說：「我現在只相信事情只會一日一日壞下去，再不相信會一日一日好起來了。」他與滿佈蛛網的社會疏離了。

尾聲處，他異想天開，決定親自到浙江鄉下去推廣。學會騎脚踏車後，吉訶德先生再度上路，這次忠僕桑可潘惹——阿大——留下養家。出發時，一大堆年輕人騎車遶行，結尾光明，但現代吉訶德眞能在疏離世界翻身嗎？

「官官相護」的社會如張張蛛網，陷在蛛網中的，不僅有像王景全這種無力抗爭的升斗小民，連有心改革社會弊端的高幹也得在網中掙扎。他面對波譎雲詭的官僚壓力，如堅持不退讓、不逃逸，則注定與利益團體疏離，甚至得與最親近的人疏離。〈走進暴風雨〉（馮驥才）的書記賀達要公平解決公司的八間房子分配事，陷入層層「蛛網」。他派任的三人工作組互相串通，「嘴裏是公，辦的是私。」賀達也不缺經驗，他知道：「中國的事不在大小，主要看參與的人事多少。人事少的，再大的事也好辦；人事糾纏多的，再小的事裏邊也難下手！」他原本希望工作組三人「成爲三個厲害的公鷄，啄破罩在這房子上的人事網。誰料……原先那張網不但沒有啄破，反而又通過另外一些不曾使用過的、更硬的關係和渠道，結起一張更密更牢的網。」他爲了扮演童話中斬破巨型蜘蛛網的小人兒，只得拋開情面，六親不認。他認爲「幹部不幹正事，不幹公事，就辭掉他！」然而，無形巨網却先下手爲强，八間房已住滿了人，害得他只有祭起唯一的武器，要佔房的關廠長等人在三天內把房子騰出。不交鑰匙，別要黨籍，因爲人人都知道，「有黨票就有權，有權要嘛有嘛，頭一個就是好升官，愈升官權還愈大。」賀達立場一擺出，關說人情壓力如雨後春筍般冒出。無數頭頭們的電話「一窩蜂把他死死困在中心。」電話不接，有人親自來「拜訪」。他一概拒絕。他非常驚訝，因爲「社會上竟有這麼大、這麼結實的一張網，遠遠超出他的想像，這張網是無形的，東拉西扯，沒邊沒際。」最可怕的是，這張網竟然撒到他家中去了。他一向讓太太尹菊花三分。尹菊花收下秘書送來的八間房鑰匙，決定一間給她弟弟尹綠竹結婚用。賀達一下子從羔羊變成老虎，無論太太如何哭鬧，也不肯把房子給內弟。太太以「恩斷義絕」威脅他，他照樣不理。

最後，賀達在職工幹部面前，把八間房分配給最需要的職工。在整齊、嚴肅、又熱烈感人的掌聲中，賀達知道：「這不過是序幕而已。一大堆矛盾會更加複雜和劇烈，還要往深處發展。生活從來沒結尾，今天僅是明天的開始。」可以預料的是，賀達的疏離感會更嚴重，因爲他知道，卽使有市長與員工的支持，改革的道路依然坎坷漫長，因爲「它必將要觸動多少年來整個社會結成的大網，驚動在這網上寄生的大小蜘蛛們！……中國歷來最難辦的是改革。也許這民族經歷太久，經驗成了包袱，成就成爲障礙，每前進一步，都要付出極大的力量和代價來突破……。」

以蛛網形容共產社會也出現在高曉聲的〈極其痳煩的故事〉裏。故事是敍述「農民旅遊公司」負責人江開良在創辦期間遭遇到的種種痳煩。如果社會像張巨網，改革者就得在網內永不停止地拼鬪。過關斬「網」成爲生命中的陣陣高潮。成功與否，那得看拼鬪結果或改革者背後另有强人撐著。這種拼鬪時造成的疏離，絕不能歸罪於個人的無能或品德上的缺陷，因它是整個社會官僚化造成的。

六、價值觀念的顛倒

正常社會對事物之是非，有一套價值觀念作爲判斷準則。公道自在人心，是非觀念常不辯自明。但若積非成是，則是非不明，黑白不分，價值顛倒。〈無字碑〉（喬典運）就是一篇價值顛倒的故事。迷信、貪婪、自私、無知、幸災樂禍本是人性的黑暗面，但「革命」的結果，反而加速提昇這些黑暗面。於是，村裏人人以整人爲樂事，「越整得多，人們越積極地去整人。昨天挨整的人，爲了明天不挨整，也豁上命去整別人。……雖說挨整不樂，却也苦中有樂，一人挨整，大家坐著看熱鬧……」等活人整過幾遍了，輪到死人挨整，一座大土墳被扒開，石碑被推倒了，成了小河上的橋身。「能把站著的推倒，能踏在上面，能在上面任意踩脚，能在上面任意撒尿，這就是勝利，這就是威風，就解恨，就痛快，就美，就高興。」人的恨意發揮到極致。潛意識內的殘存獸性也全部表現出來，人性善的一面自然完全被矇蔽了。以挖掘古墳爲樂，藉此「翻身」。此等形式上的、無意義的「翻身」竟然也是一種發洩。價值觀念顛倒，人的行事方式必定是以反爲正，以非爲是了。

村裏的老教書先生徐書閣不忍見到古蹟遭毀，半夜把石碑上的文字拓印下來，這下子惹禍上身了。兒子被鬪死，媳婦改嫁，罐裏不見一粒鹽，倉裏不見一粒米的徐書閣成了村裏「清算」與

「鬪爭」的新對象，屢遭修理。除了推、摑、捆、打、吊、跪外，還慘遭拔鬍子之刑。

文革過後，上面來人找尋古物。石碑歸了原位，正爲碑文之磨滅而傷心，徐書閣獻上拓印之碑文。一番推讓後，徐書閣收下五百元。在旁觀看、雙眼發紅的村民又是另一種言詞，要求有福同享。徐書閣笑笑，不置可否。村民再以卑鄙的手段回整他，他依然笑笑。不久，徐書閣突然失踪，再度激起村民久藏於心的懷疑，彼此猜測對方把徐殺了，獨吞五百元。一時村裏風吹草動：「沒有不透風的牆，屋裏說話隔牆有耳，路上說話草裏有人。」

等發現徐書閣是僱工修橋來替代石碑橋，無知村民還是把他的行徑當笑話說。但笑完之後，又是後悔，又是懷恨。後悔當年自己沒拓印一張；懷恨徐書閣的自私。

村民對待徐書閣的態度直接說明了非人化制度下的社會疏離現象。故事中的農民完全喪失了淳樸、善良、刻苦耐勞、知命守分、急公好義的品德。與人性善的一面完全絕離，猶不自覺。被村民視爲反面人物的徐書閣，在展露讀書人風骨之時，雖不屈不撓，但對於現實社會的一切，必定有十分嚴重的疏離感。他雖然堅持了原則，但在遭受淸算鬪爭的過程中，我們仍然能感受到他的無力、孤立與自我隔絕。

〈駝背的竹鄉〉（莫應豐）是另一個視反常爲正常、正常爲反常的故事。竹子筆直挺拔，然而竹鄉的人却是「一百人當中有九十九個駝背的」。人人都認爲駝背是種美，「駝得越厲害的命運越好，無病無災，多半能夠長壽。駝得不夠的，往往一生貧困，苦苦掙扎，才聊得溫飽。」結果，竹竿腰成了敗相，不是懶漢，就是不孝子。文中的「我」在父親的嚴厲修煉下，依然無法變成駝背。挑柴挑了四年，骨頭壓緊而不壓彎。村子唯一的竹竿腰雷生成爲村中的厭物。父親告訴「我」說：雷生是「鷄羣裏跑出一隻鴨來。人在世上，不要叫別人嫌，像雷生，眼前日子過得再好也是個厭物。」

「我」在鄉人、親人無知的厭惡下，肩挑一百五十斤木柴，想壓駝自己的骨頭，結果柴翻人倒，受了重傷。「我」忍不住想起住在一處沒有鄰居沖口上的厭物雷生。「我」要去認同：「命運正在驅使我去尋找自己的同類，猶如一個痲瘋病人走向痲瘋村。」一路上一再掙扎，還是與雷生碰了頭。雷生的言談，表面上開朗豁達，不在乎村人的看法，但實際上，他非常寂寞。他無意疏離鄉人，但鄉人視其爲異類。他沒有刻意尋求退縮與逃逸，但被生存的社會所排斥，只好飲酒消愁。

雷生喝醉酒，慘死在碾槽裏，使得村人更是振振有詞，竹竿腰果然是敗相。雷生死了，「我」取代了雷生在鄉人心目中的地位，成爲厭物：「我忽然意識到，我的身邊總是沒有人，每走近一堆人，那堆人就散了。……大人見我就躲，小孩見我就哭。」「我」只好躲進深山去燒炭，「過著比孤獨的和尚更淸苦的生活。」「我」不願娶個父母決定的駝背女孩，只得遠走他鄉。從此眼界大開，見到了處處都是竹竿腰的正常世界。多年後，一次偶然的機會回了家鄉，却被鄉人當鬼看待，因爲「我」早已在鄉人心目中消失。竹鄉依舊是駝背者的天堂。

故事雖荒誕不經，但其呈現的強烈疏離感却道盡了價值顚倒的社會的荒謬與可怕。疏離與懼怕有如孿生兄弟，並存共生。

七、浩刼後的預言式疏離

以平實手法描寫人性之疏離面，則明白易解，因其用字遣詞較表面化，卽使心理分析亦淺顯明確。若以超現實的魔幻手法來刻劃的話，語言雖樸素平白，亦可能較晦澀難解。殘雪的《黃泥街》是個例子。蘇哲安認爲，殘雪的小說「通過超實現的構想，運用樸素而平白的語言來透視現實生活裏最內層的一面。」㉔他進一步說明，讀殘雪的小說，「恐怕不能只靠理性去體會，還必須透過刹那間的『頓悟』才能體會這種自我被提到意識中來的感覺。」㉕

「黃泥街」是條人與物均已頽敗、朽爛的街道（可能存在、可能虛無）。一羣不正常的人陷在一處不正常的地方。它曾落過怪雨，「落過三次，一次落死魚，一次落螞蝗，還有一次，是黑雨，黑得像墨汁。」它是一處人與物不分的場所，到處都是蛇、蜘蛛、蒼蠅、蝙蝠、黃蜂、螞

㉔ 蘇哲安（Jon Solomon），〈從寂暗中綻放生命的靈光——序殘雪的《黃泥街》〉，《黃泥街》（臺北：圓神，一九八七年），頁 III～VI。
㉕ 同㉔，頁 VI。

蝗、蜈蚣、蜉蝣、老鼠、烏鴉、蜥蜴、蛞蝓。整條街都在瘟。生活在此無法自拔的齷齪地方，人的行爲自然變得恥誕、荒謬與充滿幻想。老孫頭睡覺時張一隻眼閉一隻眼；齊婆啃泥巴，常做惡夢，夢見一個沒臉的人掏她的腸子；齊二狗闊大的嘴裏飛出一羣蚊子；江水英大脚趾上長出了鷄爪；胡三老頭一口呑下一隻蜘蛛，肚子裏裝的全是螞蟻；蓬頭女人吃蠅子；袁四老婆「每天早上將頭浸到尿桶裏，連脖子都淹了。」老郗的老婆一夜醒來，「發現自己的手掌被一枝很大的釘子釘在床沿上。」最奇特的當然是：「一天早上醒過來，全黃泥街的人都記起夢見一個八條脚的老頭。老頭全身都是甲殼；肚子是綠的。他像螃蟹一樣爬到街當中，撑開八條細腿，『嘩啦嘩啦』地拉下一大灘尿。」超現實與魔幻般的敍述在在令讀者不安與噁心。生活裏最醜陋、最嚴重的病態現象全部展露無遺，筆力萬鈞。

故事雖未明顯點出時空，但從字裏行間的描繪，我們不難猜出它的背景。「千百萬人頭要落地啦！」「造反派掌權了麼？」「我應該作一次徹底的表白。」「要防止矛盾的轉化。」「形勢大快人心？造反派的希望大嗎？」「要防止思想的混亂。」句句明示了其來歷。讀者閱讀時，往往無法招架其衝擊，令人戰慄與噁心的事物連續地展現在讀者眼前，逃避不及。它反映了病態社會的集體疏離狀態。隱隱約約投射與假借更擴大了故事的廣度與深度。它直接撫觸了人性卑鄙齷齪的一面，燭照了人心自私與狠毒的一角。透視黑暗、挖掘人性潛識中的「眞的惡聲」，對讀者而言，是種挑戰，也是種啓示。殘雪自己解釋說：「我敢說在我的作品裏，通篇充滿了光明的照射，這是字裏行間處處透出來的。……正因强調心中有光明，黑暗才成其爲黑暗；正因爲有天堂，才會有對地獄的刻骨體驗；正因爲充滿了博愛，人才能在藝術的境界裏超脫、昇華。」㉖

在〈火宅〉裏，韓少功以嘻笑怒駡的筆觸，入骨三分地諷刺了集體社會的疏離。預言性的內容令我們聯想到喬治・奧威爾（George Orwell）的《一九八四》與阿道斯・赫胥黎（Aldous Leonard Huxley）的《美麗新世界》（*Brave New World*）。荒誕不經的未來却是現代社會的折射。Z市爲達到城市管理的最高標準，成立語言管理局，街市一下子突然出現許多駭然橫空而過的大橫幅標語，「這些標語有黑體字、花體字、扁體字、草書體字；有紅的、綠的、黃的、藍的、黑的；有紙標語、布標語、化纖標語、木製標語、霓虹燈標語。」標語的字體、顏色與材料的繁雜，間接襯托了人心的慌亂失措。小朋友、小老太婆也得上街宣傳捉語管。「利國利民利自己！」的語句是諷刺中的疏離。作者細心編織的敍述，長句的堆砌，標點符號的故意省略更凸顯了「語管局」的荒謬：「隨著語言的美好，出現了市場繁榮購銷兩旺家庭和睦夫妻恩愛學風端正鐵路暢通舉重再破紀錄電冰箱質量大幅度提高廢品回收工作邁出了新步伐……」不相干的事物拼湊成串，從荒誕中見到人性的無奈與割離。M局長召開會議，會中空話連連，無聊言語一再重複，對「語管局」功能是種反諷。語言監察總署的成立，「禁語膏」與「HP——四〇一噴劑」

㉖ 同㉔，頁XII。

的使用，顯現了語管局的眞正目標——控制思想與言論。語言警察不管竊盜問題是現實問題的諷刺。語警與交警的正面衝突導致電子語測儀緊張運轉，更是諷刺中的諷刺。

由於禁語膏的濫用，造成狀帖堆積如山。M局長又決定要成立來信處理課和錯案甄別課，疊床架屋，但辦公室的實際情形却是：「……有的翻報紙，有的拆私信，有的算餐票鈔票，有的去理髮室排隊掛號，有的談起幼托問題或者說昨夜的電視連續劇實在沒有意思。」

爲加强語管工作的科學性，又增設「語言管理學會」與「『語言管理』學術叢刊編輯部」。編制擴大，人人升官，但無事可做。M局長在學會年會中憋尿太久，造成尿道中毒感染，進了醫院。等他康復回局，天下已大變。T秘書要他先管管打蒼蠅，然後語警個個成了副主任，只有T秘書沒得提拔，成爲唯一的羣衆，最後掌權的却是他，首長們都怕他三分。諷刺了社會的脫序與倫理的顚倒。

一場火災結束了語管局。大火燒了一切荒謬，恢復原來的秩序。語管局人人應聘爲工人，原來這些人只有當工人的能耐。

〈火宅〉以超現實的筆法描繪出封閉社會中目前與未來的白色恐怖。人人隨時警惕自己的言談。控制言論的目的在於箝制思想。但失去言論自由並不等於失去思想自由，畢竟「禁語膏」的功能有限。故事中，人人自危，彼此排擠、懷疑，充分展現了閉塞專制社會的集體疏離現象。

八、結　語

本章嘗試以疏離理論的角度，對當前大陸小說中的疏離現象作初步觀察。誠然，疏離並非評斷當前大陸小說的唯一的、最好的理論架構。但借助社會學家與心理學家苦心研究的疏離理論，似乎可對小說內涵的詮釋更為深入。更有趣的，也是更值得注意的是，透過直逼內涵、縝密與紮實的「自省式」探索，我們發現，作家本身也是疏離者。

其次，本章也發現，在當前大陸小說中，主人翁與自我疏離的程度不如與社會疏離來得嚴重。這點與西方小說不同之處，極可能是傳統的民族習性、特殊的社會型態與專制的政治結構互相結合的結果，也是本章認為值得在結語部分再詳加討論的另一課題。

(一)作家的疏離感

劉再復論及一九七七年至一九八六年之間的大陸文學時，曾坦率地指出，這段時期的文學缺乏與民族共懺悔的懺悔意識和自審意識。他說：「……譴責者在對『文化大革命』的批判中，基本上還是站在歷史法官的局外人的位置，即使是站在局內人的位置，也只是受害者的角色。他們還未能意識到自己就在事件之中，來充分意識到自己在民族浩刧中，作為民族一員也有一份責任。」㉗劉再復的話是種預言。懺悔意識與自審意識稍後才出現在小說作品裏。但事實上，在現

㉗ 同❺，頁二一五。

實政治的干預下，作家早已成無力之輩㉘。能不畏懼周遭壓力，忠實地描述現實世界的一切奇特、詭異、恐怖的疏離現象，已經相當不容易。生活在缺乏言論與思想自由的大陸中，作家擔心他的個體會被摧毀，他會生活在强迫他與自我隔絕的環境中。雖然如此，他仍然不肯捨棄感時憂國的情懷。誠如克萊頓（John J. Clayton）所說的：「作家如果要擔任個人尊嚴與自由保護者的角色來肯定人性，必定會成爲疏離者與自我虐待者。」㉙結果，我們發現，作家筆下描繪的一切，不僅是外在疏離世界的反射，也是其內心疏離狀態的折射。換句話說，作家除了刻劃其故事主人翁外在與內心的疏離現象外，自己也得經歷不同階段的疏離情境，因他也是現實社會的疏離者。他的寫作心路歷程往往就是他的疏離經驗。

文革結束後，「傷痕」、「反思」與「尋根」文學相繼出現，證明以挖掘社會陰暗面爲主的現實主義文學的再發揚。「傷痕」與「反思」深入探討過去三十多年的人性扭曲與乖離，對權威加以質疑、挑戰，並暴露其庸俗與膚淺，來表達作家對整個疏離社會的關懷。七七年後，雖然限

㉘ 江素惠，〈沒有香港臺灣，他們就可關門打狗了——獨家專訪劉賓雁〉，《中國時報》（一九八八年八月十日）。劉賓雁認爲，大陸作家都有一種無力感。

㉙ John J. Clayton, *Saul Bellow: in Defense of Man* (Bloomington: Indiana UP, 1979), p. 64.

制較少，管理較鬆，但作家依然籠罩在餘悸的陰影下，甚至還得有「預悸」的心理準備。作家有如邊緣人，以無畏的心情創作，他可能面對無數的喝采聲或持續不止的批鬪聲。蓋賽（Gasset）認爲：「藝術多少是種自白。」㉚作家揉合自己的遭遇與所見所聞的一切，寫下歷史的見證，需要極大的勇氣。忠於藝術，不寫「歌德式」作品，不懼迫害，曲筆側寫、影射暗示非人性化的一切過程。無論是刻劃幽邃難測的精神層次，或是千頭萬緒的心理反應，極可能必須與現實社會疏離。因此，作家往往在執筆爲文時，已領略到疏離的滋味，亦卽作家似乎必須抱著退縮或逃逸的心情與現實社會隔絕。

作品經由作家長期思索與細心篩濾，充滿從現實生活爆發與昇騰的生命氣息，呈現人世與時代的複雜風貌，自然鮮活雋永，引起讀者的共鳴。犀利的筆法，捕捉眞相、表達眞實的暴露性內容，往往觸及當權者的痛處。作家立卽面臨挨批的危機，不僅要承擔當權者的有形迫害（如被剝奪某種頭銜，放棄工作權力等），而且還得應付同行的精神壓力（如御用文人的推波助瀾，以打落水狗的方式，對作家進行連續性批判等）。作家無力抗拒洶湧起伏的批判浪潮，往往採取低姿勢的疏離方式來逃避，如保持緘默，或暫時與自己作品隔絕。

如果批判層次升高，作家被迫公開認錯，則必須否定自己作品的價値，認同現實社會。此

㉚ Jose Ortega Y Gasset, "First Intallment on the Dehumanization of Art," p. 36.

時，作家有如扮演與自己敵對的角色，疾言厲色，嚴厲批判自己的「過失」。除此之外，還必須以另一個角色，細織罪名，再三批鬭自己，包攬周遭所有的罪過，直到把自己完全打倒爲止。以旁觀者身分，批判自我，否定自我，自我疏離已達顚峰。若作家傲骨嶙峋，堅不認錯，則疏離層次更高，除自我隔絕外，他可能身心崩潰，或慘遭下放，或面臨死亡的威脅。

作家因創作而與社會疏離、與作品疏離、與自我疏離的現象是當前大陸作家的困境。對他們來說，喪失自我是必然的結果，因爲自我在集體控制的世界裏，永遠是被動的物體，而非創造性世界裏的主動參與者。然而他們認定，以疏離文學呈現人性之非人化是保衞眞理之戰，他們自然義無反顧，勇往直前。他們不畏懼以寂寞爲代價，經歷隔絕的痛苦。唯有如此，他們才能直接感覺這個時代的脈動與需要，才能在其作品中表現同胞的思想與夢想。

(二) 社會疏離與自我疏離

由於環境與使命感的差異，當前大陸小說中角色的疏離程度與歐美小說的不同。歐美現代社會產生疏離感的主因是個人無法適應工業社會的急速發展。在機器化生產使人物化，一切價值均商品化的現代都市工業化社會中，微小的個人再也無法充分發展人格，過著有意義、滿足的生活。在這個焦慮的時代，放眼望去，盡是絕望、孤絕、迷離、悲苦、緊張、暴力、煩悶、冷漠的景象。他們面對抉擇，可是任何一種抉擇，都是一樣令他們厭惡與退縮。作家以獨特經驗或非凡想像力來描述非人性化的過程，展現人性之扭曲。卡夫卡的小說記錄了個人與不讓步的官僚、政府、家庭的關係的疏遠距離㉛。他與卡繆（Albert Camus）作品中的角色，似乎屈服於世界無情的陷阱與壓力下㉜。海明威《戰地春夢》的主角認爲，像光榮、榮耀、勇氣、神聖，都是猥褻的字眼，因爲這些不道德的字隱藏其眞正意義，引導人們走上自我屠殺、謀殺與戰爭之路㉝。伍爾夫筆下盡是無根者、懷鄉放逐者與漂泊者的痛苦經驗㉞。艾里森的《隱形人》更以一個生活在白人社會的黑人，發現身爲「少數者」（minority）的眞正意義來點明自我疏離㉟。這些故事裏的英雄雖可代表社會上某一羣人的共同經驗，但其獨特經驗形成的自我疏離却超過社會疏離。特維斯的研究也證明，以疏離爲主題的美國大衆文學，社會疏離的描繪微減，而自我疏離則激增㊱。

㉛ Frank Johnson, "Alienation: Overview and Introduction," Frank Johnson, ed., *Alienation: Concept, Term and Meanings*, pp. 22~23.

㉜ Ibid., p. 23.

㉝ Blanche H. Gelfant, "The Imagery of Estrangement: Alienation in Modern American Fiction," p. 297.

㉞ Fritz Pappenheim, *The Alienation of Modern Man*, p. 34.

㉟ Blanche H. Gelfant, "The Imagery of Estrangement: Alienation in Modern American Fiction," p. 306.

㊱ Ephraim H. Hizruchi, "An Introduction to the Notion of Alienation," p. 120.

一九七六年前的大陸小說以政治掛帥，强調人物性格的單純化、概念化、一般化、兩極化與臉譜化，刻意描繪具有非凡能力的典型英雄人物，其社會性自然高於自我性。七七年後的作品，不再塑造類似神、超人般的典型英雄。故事的主人翁均爲日常生活中可接觸到的常人，但依然是種典型，老壽、李順大、陳奐生都是農村中的代表人物，他們的遭遇，嚴格說來，算不上獨特經驗，疏離狀態也是一般農民面臨影響生活的重大危機的心理反應。吳仲義、鍾亦成是生活在白色恐怖世界的典型人物。他們的不幸體現了人們處於彼此猜忌、懷疑對方、互相批鬪的狀態中。王景全的半生奮鬪映照了小人物在疏離的官僚巨網中的無力與無奈。兩位高幹賀達與江開良面對的是一種更高一層的官僚蛛網。〈無字碑〉與〈駝背的竹鄉〉裏的鄉民，代表在價値顚倒的流離社會中，一大羣盲目與無知的人。他們終其一生，庸庸碌碌，終日喧嚣不已，爭得頭破血流，到頭來一場空，依然掙脫不出現實的困境。同時還敍述了徐書閣與「我」在非人化過程中，種種刻骨銘心的痛苦細節。《黃泥街》記錄了一個夢魘般的罪惡社會。王德威說：「在像《黃泥街》等較長的作品中，我們更可發現殘雪的世界是一『狂人』或『超人』逃遁『以後』的國度，或是一人人『皆已』瘋狂的淵藪。」㊲〈火宅〉的語管局是官僚制度化簡爲繁的典型，諷刺的雖是未來某

㊲ 王德威，〈「眞的惡聲？」——魯迅與當代大陸作家〉，《衆聲喧嘩》（臺北：遠流，一九八八年），頁一八九。

種可能的官僚組織中的執法情形，但文中的種種現象，却均能在現實社會中找到線索、痕跡。這幾篇小說足以證明當前大陸小說中的人物與社會疏離的程度遠比自我疏離嚴重。

作家以自身經歷的社會疏離與自我疏離來展現當代中國人的困境，自然眞切感人。他們以動人的故事、引人的情節，闡述人性中的種種矛盾與痛苦，進而昇華了人類存在的眞義。他們又以小說特有的抽象思維性與無窮的想像力，呈現深邃幽昧的心象情愫，表達世間凡人的複雜情結。作品更以淡遠的色澤，鮮亮淸晰地折射出一個變形社會的疏離景象。透過他們厚實豐盈的生活經驗，我們得以窺見當代中國人的無奈與悲哀。經由他們生動鮮活的描繪，我們得以體認現實社會的冷酷與無情。他們雖未明示以闡揚人性爲己任，但他們凝重沈鬱、蒼勁有力的筆調，却處處表現出對非人化的質疑。克萊頓（Clayton）說：「生命不僅是樹立偶像以便歡呼的鬪技場，生命也是皇宮下的地窖。在這兒，『美』以令人懼怕的形式正等候著。」㊳作家扮演的正是如何突破恐懼，把地窖中的人性之「美」拯救出的角色。他們的奮鬪不懈與堅苦努力再度點燃了多年來一直禁錮在冰谷中的「死火」。在微弱但漸轉强的火光照射下，世間的一切陰暗面與疏離景象，終有一天，會完全映現在世人眼前。

㊳ John J. Clayton, *Saul Bellow: in Defense of Man*, p. 304.

第四章　大動亂時代的成長過程
——遷移與調適

一、前　言

人口遷移一直是一種社會變遷的重要力量和徵象。今日世界一些最迫切的社會問題與人口遷移的關係十分密切❶。社區或聚落人口的增加與減少往往影響該社區或聚落的發展。而社區與聚落的發展與彼此互動，亦會間接影響整個國家的政策。

當前世界的人口遷移現象，主要是由下列數種重要因素促成的。工業化的結果使得農業經濟全面崩潰。農村生活艱苦，壯志滿懷的年輕一代便依據自己的心願，從鄉村遷移至都市。另外戰爭的頻仍、政治或宗教的壓迫也造成大量難民四處遷移。現代交通工具的發達，更使得人口遷移

❶ Donald J. Bogue, *Principles of Demography* (New York: John Wiley & Sons, 1969), p. 752.

行爲日益頻繁。

對中國人而言，遷移非但不是新奇的體驗，且往往是慘痛的教訓，血淚累積而成的悲愴記事。外族入侵、朝代更迭、饑饉戰禍、屯田戍邊促成了歷代的人口大遷移。但就範圍之大與影響之深來說，中共政權成立後的遷移行爲，在中國歷史上是數一數二的。一九五九年到一九六二年的大饑荒年代，發生在河南、安徽、甘肅、湖南等省的逃荒遷移是段悲慘的經驗。文革期間勞改下放、知青上山下鄉所造成的家庭破碎、浪跡天涯、顛沛流離現象，更是當代中國人刻骨難忘的一頁。

中共佔領大陸後，農村久經戰亂，農事凋敝。農民爲求三餐溫飽，大量湧進主要城市。從一九五二年起，中共便被迫不時要強制農民回歸農村。當時，中共希望透過在耕種、道路修護、手工藝的加强運作，來維持鄉村人口。這是中共國家政策非常明顯的一部分❷。一九五五年中共又發起一項有組織的人口遷移計畫❸。這項計畫的目標，不僅要把大量移入都市的人口遷回鄉村，而且要把大量的都市居民徙置於鄉村。

一九五七年六月，毛澤東以「鳴放」爲餌，引蛇出洞，發起「反右派」運動，清算說眞話的

---

❷ 同❶，頁七七五。

❸ H. Yuan Tien, "The Demographic Significance of Organized Population Transfers in Communist China," *Demography*, 1 (1964), pp. 220~226.

人。毛澤東的獨斷行爲與自我神化活動，日趨嚴重。一九五八年，他迷惑於「反右」的勝利，發起「總路線」、「人民公社」與「大躍進」三大運動。他違背科學，幻想迅速過渡到共產主義的「天堂」，威逼羣衆編造假躍進、假豐收的數字，來滿足好大喜功的虛榮心。他定下高得出奇的「大煉鋼鐵」與「糧食豐收」的指標，造成重大的社會災難❹。

在「土法煉鋼」中，農民被迫從事徒勞無功的勞役，農業生產大受破壞，造成嚴重的饑荒，農民以樹皮充饑，餓死許多人。離鄉避災的也不在少數。另一方面，各地幹部爲達到毛澤東訂定的糧產指標，便編造謊言，施放畝產三、四萬斤乃至六萬斤的「水稻豐產衛星」，並根據假「豐產」數字徵調糧食，結果處處饑荒，不少人只得走上逃荒之路。

一九六八年五月七日，黑龍江省革命委員會組織大批機關幹部下放勞動，同時在慶安縣柳河

---

❹ 一九五七年，大陸的鋼年產量爲五百三十五萬噸。一九五八年五月，毛澤東召開政治局擴大會議，把一九五八年的鋼產量，增爲八百萬噸至八百五十萬噸。同年七月，毛澤東再次召集政治局擴大會議（北戴河會議），決定全面建立「人民公社」，又把鋼產量提高至一千零七十萬噸，等於五七年產量的兩倍。一九五九年四月，中共舉行八屆七中全會（上海會議），毛澤東把該年的鋼產量，訂爲一千八百萬噸，比一九五八年又增加百分之七十以上。

糧食年產量，也是加倍增加。一九五七年，糧食產量爲三千七百億斤。一九五八年的糧食年產量，毛澤東訂定爲七千五百億斤，亦爲前一年的兩倍。一九五九的年產量，再增至一萬零五百億斤。（參閱成如實，〈甘肅大饑荒與「典妻」換糧的悲劇〉，臺北：《中華日報・副刊》，一九八一年十一月六日。）

辦了一個命名爲「五七幹校」的農場❺，收容被送去勞動改造的所謂的「走資派」之類的人。五個月後，這個農場總結出一套辦校實踐經驗。毛澤東便批示：「廣大幹部下放勞動，這對幹部是一種重新學習的極好機會，除老弱殘者外都應這樣做。在職幹部也應分批下放勞動。」柳河幹校經驗與毛澤東指示在一九六八年十月四日出現在《人民日報》的頭版頭條上。從此，整個大陸便籠罩在幹部下放勞動、處處開辦「五七幹校」之風氣下。大城市中的家庭婦女與沒有固定收入的居民，在下放勞動的號召與「啓示」下，提出「我們也有一雙手，不在城裏吃閒飯」的口號，紛紛遷回原籍或農村❻。

「五七幹校」以工作集合在一起的人爲下放單位，而插隊落戶是按照一定比例，把在職幹部的整個家都搬遷到農村去，分散在公社、生產隊落戶，參加所在社隊的生產勞動。這種搬遷完全是强迫的，不允許有任何猶豫。

以「接受貧下中農再教育」爲主要內容的「知識青年上山下鄉運動」是文革期間另一種强迫遷移。「文革」摧毁了「文化」。工廠、企業、機關、學校不需要知識和文化，也不需要大專畢業生。對那些以「文革」爲「必修課」的高初中畢業生來講，「文革」不但使他們喪失升學機

---

❺ 嚴家其、高皋，《中國「文革」十年史》，出版者與年代不詳，頁三〇一。

❻ 同❺。

會，也使他們失去了在城市就業的機會。在這種情形下，「上山下鄉」、「接受貧下中農教育」，就成了當時知青離開學校後的主要出路。

毛澤東於一九六八年十二月二十二日發表的一段話，決定了無數青年男女的一生。他說：「知識青年到農村去，接受貧下中農的再教育，很有必要。要說服城裏幹部和其他人，把自己初中、高中、大學畢業的子女，送到鄉下去，來一個動員。各地農村的同志應當歡迎他們去。」結果，毛澤東在一九五五年講的「農村是一個廣闊的天地，在那裏是可以大有作爲的」這類話，竟然成爲當時最流行的標語與口號❼。

「上山下鄉」，分爲參加生產建設兵團與到農村插隊落戶。前者遠赴新疆、內蒙、東北、雲南等地。插隊的知青則到全國各地的農村落戶。然而，無論參加生產建設兵團或插隊落戶，知青均需從事艱苦的勞動工作。體力不夠又缺乏技能，知青逐漸發現幻想破滅了。

依據上面的敍述，我們發現，中國大陸在文革前後發生的遷移行爲的方式與動機，與現代遷移理論與實際有段距離。鮑格（Bogue）認爲，遷移是人民對環境中經濟、社會與人口力量的一種反應❽，強調以遷移情境取向爲主的「推拉理論」（push-pull theory）列舉了許多遷移因

❼ 同❺，頁三一〇~三一三。
❽ Bogue, *Principles of Demography*, p. 752.

素。推的因素包括國家資源的衰竭、失業、歧視、疏離感、天然災害等；拉的因素則指良好就業機會、較高待遇、特別的教育或訓練的機會、較好環境或生活條件、投靠新的活動及環境或人爲的誘惑等❾。這些代表客觀的經濟社會條件與個人心理因素並不足以解釋中共的人口遷移現象。勉強說來，大饑荒年代的逃荒行爲可歸類於天然災害與較好環境或生活條件。但勞改下放、知青揷隊這類表面上以經濟利益爲取向的强制遷移，實際上是一種政治迫害行爲，因遷移者絕無自由意志可言，且無時間限制。這些說法並非出自臆測。從文革後紛紛問世的小說作品中，我們看到無數的被迫遷移者如何在極端惡劣的環境中求生，如何在接二連三的衝突與挫折中調適自己，與環境掙扎抗鬪，留一口氣爲歷史作證。

二、調適理論與實際

調適❿是人的一種經常性行爲。人從出生起，爲了應付周遭的衝突與挫折，便無時無刻不在

---

❾ 同❽，頁七五三～七五四。

❿ 本文的「調適」範圍較廣，包括 adjustment, accommodation 與 adaptation 三字泛指之內容。參閱 Julius Gould and William L. Kolb, ed., *A Dictionary of the Social Sciences* (Taipei: Maling Publishers, 1975), pp. 5~9.

自我調適。調適過程也就成爲文學作品凸現主角（protagonist）如何減少衝突的最好素材。在文學作品中，主角可能會遭遇到與大自然力量、另一位主角、社會力量或其內心抗爭（struggle）的衝突⑪。彭華侖（Robert Penn Warren）除了肯定這種說法外，並且強調，偉大與典型的衝突是人類彼此之間的衝突⑫。偉大的作家能以栩栩如生的手法勾勒出主角如何自我調適來緩和、減低或化解衝突造成的恐懼、憤怒與焦慮。這種說法與心理學家對挫折與衝突的說法頗爲吻合⑬。

---

⑪ C. Hugh Holman, *A Handbook to Literature*, 4th ed. (Indianapolis: The Bobbs-Merrill Company, Inc. 1980), p. 98.

⑫ Cleanth Brooks & Robert Penn Warren, *Understanding Fiction*, 3rd ed. (New York: Appleton-Century-Crofts, 1979), 510 & 110.

⑬ Morgan 與 King 把挫折分成環境挫折 (environmental frustration)、個人挫折（personal frustration) 與衝突挫折 (conflict frustration) 三類。參閱 Clifford T. Morgan & Richard A. King, *Introduction to Psychology* (臺北：雙葉，一九六九年)，頁四六七～四六八。

心理學家認爲，挫折主要出現在四種衝突中：雙趨衝突 (approach-approach conflict)，雙避衝突 (avoidance-avoidance conflict)，趨避衝突 (approach-avoidance conflict)，與雙重（或多重）趨避衝突 (double or multiple approach-avoidance conflict.)。參閱下列各書：Norman L. Munn, *Introduction to Psychology* (Boston: Houghton Mifflin Company, 1962), 209~211; Norman L. Munn, L. Dodge Fernald, Jr. and Peter S. Fernald, *Introduction to Psychology* (Boston: Houghton Mifflin Company, 1969), 503~508; Ernest R. Hilgard, *Introduction to Psychology*, 3rd ed. (New York & Burlingame: Harcourt, Brace & World, Inc. 1962); Gregory A. Kimble, Norman Garmezy, & Edward Zigler, *Principles of General Psychology*, 4th ed. (New York: Ronald Press Company, 1974), 257~259; B. Von Haller Gilmer, *Psychology* (New York: Harper & Row Publisher, 1970), 310~312.

一個正常運作的行爲系統總是試着把所期望的功能發揮到最大的程度，把所有可能產生的緊張衝突減低到最小程度，個體亦復如此。因此，布洛迪（Brody）認爲，調適是指個體與環境建立並維持一種相當穩定的互惠關係的過程[14]。調適同時是一種動態現象，代表個體與外界交互關係能達到圓滿和諧的狀態[15]。當然，調適亦可闡釋爲滿足個體需求的過程[16]。個體必須在其生存環境中滿足其基本需求方能生存。需求不時發生在每人身上，每人使用不同方式來滿足。個體在追求滿足過程中，必與環境有接觸且建立關係。所以莫根(Clifford T. Morgan)與金恩(Richard A. King) 指出，調適泛指個體使自己適應環境的過程。他們還說，人的調適可說是對抗挫折的永恆戰鬪[17]。

個體可調整自己來適應環境，也可改變環境來適應自己[18]。但個體力量渺小，往往要遷就環境。因此，心理學上的調適多半是指前者。觀念來自弗洛伊德（Sigmund Freud）的「防衛方

---

[14] Eugene B. Brody, "Migration and Adaptation," *American Behavioral Scientist*, 13:6.

[15] 郭爲藩，《特殊教育名詞彙編》（臺北：心理出版社，一九八三年），頁三〇。

[16] Munn, Fernald, and Fernald, *Introduction to Psychology*, p. 501.

[17] Morgan and King, *Introduction to Psychology*, pp. 466~467.

[18] Robert S. Woodworth & Donald G. Marquis, *Psychology*, 5th ed. (New York: Henry Holt & Company, 1947), p. 203.

式」(defense mechanism)⑲亦是如此，因爲使用防衛方式的目的在於使個體適應生活的環境。基本上，防衛方式是對抗恐懼或焦慮的方法，同時也是個體在不知不覺間用來保護自己、對抗自我捲入的挫折的策略⑳。

時空的劇變使當代中國面臨對現實環境調適的最大挑戰。因不同原因而被迫遷移的中國人如何調適與環境的關係，似乎可從小說中主角的遷移與調適描繪中得到驗證。

---

⑲ 關於「防衛方式」，各家說法不盡相同。最普遍的包括：壓抑(repression)、反向(reaction formation)、投射(projection)、遷怒(displacement)、合理化(rationalization)、昇華(sublimation)、補償(compensation)、幻想(fantasy)、退化(regression)、否認(denial)等。請參閱下列各書有關章節：Morgan & King, *Introduction to Psychology*, pp. 475~481; Munn, *Introduction to Psychology*, pp. 216~231; Paul Mussen and Mark R. Rosenzweig, *Psychology: AnIntroduction* (Lexington, 1973), pp. 222~227; Munn, Fernald, and Fernald, *Introduction to Psychology*, pp. 511~515; T. K. Landauer, *Psychology: A Brief Overview* (New York: McGrawhill, 1972), pp.78~80; S. Standfeld Sargent & Robert C. Williamson, *Social Psychology*, 3rd ed. (New York: The Ronald Press Company, 1966), pp. 201~209; Henry Clay Lindgren and Donn Byrne, *An Introduction to the Study of Human Behavior*, n. p., n. d., pp. 237-249; Hilgard, *Introduction to Psychology*, pp. 519~521; Frank B. McMahon and Judith W. McMahon, *Psychology: The Hybrid Science*, pp. 540~543.

⑳ Clifford T. Morgan & Richard A. King, *Introduction to Psychology*, p. 475.

本章論及的「遷移」(migration)是指「內在遷移」(internal migration),亦卽在同一國家內人民的遷移行爲。人口學家把「居所流動」(residential mobility)分成兩種:⑴本地遷徙(local movement)——同一社區內住所的變換;⑵遷移(migration)——社區間包含遷徙的居所變換㉑。換句話說,本章的遷移是以作品中主角在同一社區或介於社區間的遷移行陸爲主。

中國人一向安土重遷。個人或家庭只要某些基本需求得到滿足,且與環境適應良好,往往會長期生活在同一社區。個人對於住過一段漫長歲月的地方,常有無法割捨之情。因此,一旦被迫與家人、朋友、同事分開,遷往一處陌生的新環境,他不免會有情緒緊張與適應不良的傾向。

在「史無前例」的文革期間及其前後,人口遷移是大陸的一種常態現象。紅衞兵的串聯流竄、知識分子的下放、黑五類分子的勞改、知青的上山下鄉、饑民的逃荒、同一地區內因政治地位昇降而被迫遷徙等,都是這段期間常見到的遷移現象。結果形成一種永遠在動的印象。

不論是主動或被動,也不論是經濟壓力或政治壓力的推拉,遷移者一旦到了陌生的環境,立卽面臨調適難題。他們喪失了熟悉的社會和地理環境支持;他們也喪失了長期建立的關係與價值的支持。他們必須設法與新環境的條件、情境及其組成的物質和人們建立和諧的關係。其中一部

㉑ Donald J. Bogue, *Principles of Demography*, p. 752.

分人必須比別人更加努力來恢復與提昇原來的政治、社會地位。他們可能接受新刺激與機會而興奮，也因新威脅與未知狀況而畏懼。在這兩種情境間，他們必須應付一連串臨時發生的新狀況。這些新狀況可能會歪曲他們的感覺、態度和適應新環境的能力。

文革期間及其前後的遷移行爲泰半是强迫的。從都市到鄉村的單線模式，都市到鄉村再重返都市的來回模式並不是一般傳統的遷移模式可以解釋淸楚的。因此，以消除恐懼、焦慮爲主的防衞方式的效果令人存疑。畢竟，不同文化背景的人並不見得就適用同樣內容的防衞方式。也許在深入研究小說主人翁在遷移後，對環境的反應與其內心自我掙扎，我們對當代中國人的調適行爲能略知一二。

三、下鄉插隊者的調適

知青的下鄉插隊是大陸小說中的一個特殊主題。這些「在紅旗下生，紅旗下長」，在歷史漩渦中進進出出的青年，一度誤信革命「導師」、「領袖」、「舵手」與「統帥」的召喚。經過一番「革命」洗禮後，大動亂使他們早熟，但集體的疏離狀態也造成他們對現實的冷漠，終能瞭解如何以消極的態度與環境妥協。

〈褪色的信〉（諶容）㉒中的章小娟是高幹子弟。她「和同學們一起，經受了毛主席親自發動和領導的無產階級文化大革命的鍛鍊和考驗。一起滿懷豪情地走上了毛主席指引的接受貧下中農再教育的道路。」她也相信，「在農村廣闊的天地裏，迎着暴風展翅飛翔。」在潛意識裏，她確實想去努力的改造自己，紮根農村，「做第一代新農民，要用自己的青春和生命來改變山區落後面貌。」她竭盡心思與現實環境調適，但他人却以異樣的眼光來打量她、利用她。因此，當地青年溫思哲以具體的行動幫助她、同情她，她勇敢地愛了，而且極力想將潛意識中的理想與現實結合在一起。但溫思哲的猶豫不定却耽誤一切。文革結束後，章小娟回北京唸大學。不同的時空改變了她的調適態度。她發現十年浩刼是場噩夢。她和溫思哲在這場可怕的噩夢中走到一起。她一度認爲，離開城市，置身窮困的山村是向資產階級法權挑戰的勇士，走近沒有腦力活動和體力活動差別的共產主義天堂。此時她却深刻體會出，共產主義不靠科學技術，不靠現代化，光靠知識青年紮根農村去實現，十分荒唐。她在新環境中有了新的體認，終於調整了以往對愛情、對生活的看法，往日的幻想已經昇華了。

對於大多數下鄉插隊的青年而言，既然下鄉插隊是種集體行爲，自我調適反而不是一件難

㉒ 諶容，〈褪色的信〉，原載中共《人民文學》一九八一年六月號。收入阿老編註，《苦戀》（臺北：遠流，一九八二年），頁一四五～一八二。

事，只要最低限度的生活需求能滿足，身邊又缺乏成强烈對比競爭的人，個體便容易與環境妥協，不再怨天尤人。〈棋王〉（阿城）㉓裏的王一生只知熱衷下棋。他能利用下棋來調適與環境的關係。他從小就過著貧困的生活，對生活一向不敢奢求。「他對吃是虔誠的，而且很精細。」絕不浪費一粒飯粒、一層油花。他下棋同樣精細，「但就有氣度很多。」故事中拾荒老頭所說的「爲棋不爲生」對他影響甚大。下棋成爲生活中的唯一補償（或昇華）的行爲。

王一生對於人生的看法是：「人要知足，頓頓飽就是福。」這種想法當然是受了他母親的影響。在他迷上象棋時，母親的話對他不啻是當頭棒喝。她說：「先說吃，再說下棋。」物質基本條件滿足了，才能提昇到精神層次。但王一生有時不得不利用下棋暫時解決物質上的困難。他說：「我迷象棋，一下棋，就什麼都忘了。」但逢上吃的場面，他依然開懷大吃。在極端困難的環境下，他仍舊能執着理想把物質威脅暫擺一邊。雖說是消極，但心理上的平衡彌補了一切。他還是調適得十分理想。

阿城另一篇小說〈孩子王〉㉔的主角也是下放的知青。他在生產隊幹了七年，學會許多農事工作，「只是身體弱，樣樣不能做到人先。」長期的勞力磨鍊使他對現實生活持着消極與退讓的

㉓ 阿城，《棋王、樹王、孩子王》（臺北：新地，一九八七），頁一～六〇。

㉔ 同上，頁一一九～一七五。

態度。無敵視心態，日子自然好過些。他自己心中十分坦然，覺得畢竟是自食其力。

支書調他去學校教書。起初，心中有些畏懼，但立刻調整過來。不久，他跟其他知青說：「將來大家結婚有了小娃娃，少不了要在我手上識字，我也不會辜負大家的娃娃。」他已認定自己會在生產隊幹一輩子。

他對學生程度的低落，十分驚訝：「學了八年，也不如小學五年。」一番苦思後，他終於決定不再教課文，只教認字，選各種事情來寫作。他從學生立場爲出發點，發現教些實際應用的東西比那些口號標語來得有用。半個月後，「學生們漸漸能寫清楚，雖然呆板，却是過了自家的手的……」他堅持他的方法，終於種下被解職的禍因。

他對於再回生產隊鍛鍊一事，並不十分在意。雖然上面要他「將課交待一下，休息休息，考慮考慮。」他處之泰然：「……不用考慮，課文沒有教，不用交待什麼。我現在就走……」多年來的生活磨鍊，已使他能隨遇而安。調整自己適應環境，對他不是難事。

類似〈孩子王〉主角一般瀟灑行事的插青爲數不少。除了能隨遇而安，事事處之泰然外，他們常以自嘲態度來應付眼前困境，使得日子順暢些，李曉的〈屋頂上的青草〉㉕描繪四位上海插青如何苦中作樂、自諷自嘲的經過。他們在只有三四十戶人家的窮村裏接受貧下中農再教育。四

㉕ 李曉，〈屋頂上的青草〉，鄭樹森編，《八月驕陽》（臺北：洪範，一九八八年），頁三九～六四。

個人跟鄉人已打成一片，過着同樣艱辛的日子。放眼望去，大家日子一般苦，也就缺少挫折與衝突。蟹兄每次接到上海女友的信，總要在三人面前炫耀一番：「現在，像我們這種揷兄，誰要在上海有個女朋友，不管她有沒有工作，這個人，偉大啊！」這些話自然是種補償作用。

蟹兄與隊長冒險進火場救了貧農老陳後，記者上門專訪，要蟹兄寫份小結，說明救火時是否抱出主席寶像。蟹兄心中起了矛盾，幸好另一位知青四眼幫忙，說蟹兄曾想起，但衝進火海後，發現牆上無寶像。蟹兄的挫折感稍減。

然而小結到了記者筆下却成了，「他摸到牆邊，小心翼翼地捧下了寶像，塞進衣服裏……向屋外衝去。」蟹兄起初心虛，「連頭也不敢擡」，但幾次報告後「神態自若，口似懸河，哪還有一點心虛的痕跡。」不久，他成了代表，赴縣開會。

四眼等三人趁蟹兄不在，偸看他女友的來信，發現他被甩了。他們趕往縣城找蟹兄。四人與上海女知青同桌吃會議菜。四眼淨拿蟹兄救人的事做爲話題，惹得蟹兄表了態：「那屋裏沒主席像，可不能怪我呀……按理說，報上那話也就算是眞的了。」四眼聽了，內心十分震動。把信丟給他就走了。蟹兄看了信，去飯館喝悶酒，想藉酒解愁，却跟其他揷青打了起來，從消極的喝酒到積極的武打，蟹兄是想減輕挫折感。幽默諧戲的筆調刻劃了揷青如何對抗世情的荒誕與人生的無奈，極力維持身心的平衡，來適應環境與人事的突變。

四、殘障者的調適

個體在調適過程中，除了要應付外來的阻力外，還得克服本身的缺陷。個體缺陷屬於內在（個人）的障礙。願望遭受缺陷阻撓時，不是消極放棄，就是以特殊方式如幻想、昇華、逃避或更極端的方式來對抗。因殘缺造成的挫折、弱小、長相平庸、缺乏技術、智力低都可能會妨害成就。肢體殘障（或畸形）者無法參加運動、從事某些行業，甚至會影響到婚姻[26]。

文革前後的時空迅速轉移，對於畸形者是種重大的考驗。對於類似〈爸爸爸〉（韓少功）[27]裏的白癡主角的影響不大，因爲環境變遷並無法改善或破壞他的智力，只會影響到他生活能力。〈駝背的竹鄉〉（莫應豐）[28]的主角的問題也不大。他遷移他鄉後，發現自己並非怪物，他的鄉人才是不正常的人。對他而言，調適自己來適應新環境並非難事。但像〈阿蹺傳略〉（王安憶）[29]的阿蹺，時空轉移的影響自然不小，尤其文革前後正碰上他從無知的少年變成充滿憧憬的青年歲

---

[26] Norman L. Munn, *Introduction to Psychology*, p. 208.

[27] 韓少功，《空城》（臺北：林白，一九八八年），頁一三一～一八一。

[28] 莫應豐〈駝背的竹鄉〉，《聯合文學》，第三卷第六期，頁一五四～一六一。

[29] 王安憶〈阿蹺傳略〉，《中國大陸現代小說選》（臺北：圓神，一九八八年），頁八三～一一一。

月。

阿蹺的一隻外八腿是小兒痲痺的結果。肢體的畸形直接影響心理的正常發展。他身體的缺陷造成自尊的喪失。要引起他人的注意與關懷，他必須採用極端的手段。因此，阿蹺從小就喜歡惡作劇。看別人跳脚、痛苦，自己便感到無上得意與快樂。

託文革的福，阿蹺全家「搬到了最最中心、最最繁華、最最『上海』的淮海中路一條新式弄堂裏。」在新環境上學，他一時適應不了。長相與口音無法讓別人接納他。等紅衞兵造反，他跟着起哄。自己破壞，看別人破壞，心中便充實、快樂。經過無數摸索後，他終於知道自己的威力。於是他便不停地作弄家人、鄰居、行人。這些看家本領使他獲得無上的樂趣。

文革結束後，房主人出面要房子。阿蹺的家耍無賴，前前後後拖了一年，最後還是搬了。他年齡越大，越覺得周遭環境變遷的壓力越多越大，他只得不停地調整自己的態度，表面上也變得豁達些。「非但不苦，還時時有些樂趣。」

同事間的談戀愛、結婚、參加舞會對他都是不同程度的威脅。年齡的增長使他變得沉默，沉默得嚇人。然後又變得陰沉，懷恨每個人。

結尾時，阿蹺被推舉爲演講代表。他發覺衆人作弄他，故意給他這件苦差事，所以存心報復，準備在講臺上讓大家難堪。他的組長體會出他的陰沉懷恨，也變得十分畏懼。但他的恨意與報復之心却被演講現場滿場的掌聲壓制下去，一時無法發作。然而，我們也無法因此認定，他從此不再懷恨別人，或以其他的激烈防衛方式來調適自己。

另外一種畸形並非肢體上的殘缺不全，而是身體行爲上的異變所導致的心靈與性格的扭曲。〈故事〉（陳村）㉚裏的張三雖然四肢健全，但從小就和母親被父親給遺棄了，一直對整個社會抱着十分強烈的敵意，心理發展不甚正常。文革爆發後，隨着環境的變遷，他採取激烈的調適手段來改變自己的社會與經濟地位。

張三成了「造反隊」一員後，第一件事就去找父親算賬。拳脚交加，洩了舊恨。從小生長在貧困中，張三對有錢人成見極深，「他專門抄資本家、華僑的家。將越貴的衣服撕壞就越是解氣。他將煤氣竈也砸了，在鋼琴上小便，用窗帘擦皮鞋……」他面臨的是「趨避衝突」(approach-avoidance conflict）。這種由於早期訓練獲得的社會價值觀念出現的衝突，成爲滿足動機的障礙。

母親過世後，張三就在造反隊總部的資本家洋房正式住了下來。他立刻就適應了新環境。洋房設計多，又方便。難怪張三要感嘆：「假如沒有造反，這輩子眞是白活了。」

張三在領略資本家享受的吃喝後，開始想到女人。他看中被趕到汽車間住的資本家大女兒安娜。但出師不利。他跟她心理上有差距：「他一開口就自卑了……他恨自己的無能。……這是生

㉚ 陳村，〈故事〉，鄭樹森編，《八月驕陽》，頁一五五～一八二。

好的，改也改不掉了。」他只好降格以求，用强迫的手段把資本家小老婆張玉娟弄上床。當年的不平衡心理似乎有了補償，「才算是和資本家徹底算清了賬。」

張三依然忘不了安娜。再繼續努力兩次，依然徒勞無功。等安娜被分配到工廠後，張玉娟無後顧之憂，便出面檢舉張三的劣行。他被免了革委會的職務，只得搬出洋房，回到自己的家。這時他才發現，「哪怕自己當上造反總司令，命裏也只有娶女工當老婆的福分。」

對張三來說，失勢搬家並不難適應。「房子還是原來的一間，粉刷油漆過一遍，比當年好看些……當年搖搖晃晃吵醒自己的床與其他家具一律換了新的。」物質方面在很會當家的老婆料理下，不成問題。心理調適方面，過了一陣子，由於張三認命，也就沒什麼了。

五、勞改分子的調適

文革期間，調適最爲困難的應該是勞改分子。他們早已失去人的尊嚴，成爲時時會挨鬪、被迫搬遷的「物」。他們唯一的目標是如何在惡劣的環境中苟延殘喘，盼望有翻身平反的日子。這些被劃爲右派的知識分子，雖虔誠地接受改造立場、改造世界觀的觀念，却很難爲他人接納。不停的折磨與酷驗在知識分子的身心上劃下永不磨滅的疤痕。

〈靈與肉〉(張賢亮)㉛的許靈均由於海外的父親關係，成爲資產階級的一分子，被所有的人遺棄，流放到偏僻的農場去勞改。勞教解除後，他無家可歸，只得留在農場放馬，當了放牧員。自小就被折磨不斷，他養成刻苦耐勞的習性，不久就滿足於生活在大自然中：「在長期的體力勞動中，在人和自然不斷地進行物質變換當中，他逐漸獲得了一種固定的生活習慣。……最後，他就變成了適合於在這塊土地上生活，而且也只能在這塊土地上生活的人。」

當地人對他被劃爲右派，不甚了解，也不想了解。一位放牧員說：「右派就是五七年那陣子說了實話的人。」倒是一針見血。到了文革狂熱時，他差點被拉出來示衆。靠幾位放牧員的幫忙，他離開鬧騰騰的是非之地。然後他的錯劃成右派一事被改正過來，成爲農場學校的老師。他與秀芝的婚姻使「他生命的根鬚更深入地扎進這塊土地裏。」雖然遠從美國回來的父親要把他帶到國外去，他依然堅持回到那兒有他在患難時幫過他的人們的地方，回到和他相濡以沫的妻女身邊。他已完全適應那兒的生活，不願放棄，也不願重新來過。

許靈均面對的抉擇屬於「雙趨衝突」(approach-approach conflict)。父親要他去美國，對他是種極大的誘惑。這並非是以物質享受爲出發點，而是因爲他多年來一直缺乏父愛、渴望父愛。但秀芝給他的愛却比父愛更踏實可靠。他與秀芝同是天涯淪落人，命運把他們硬湊成患難夫

㉛ 張賢亮等，《靈與肉》(臺北：新地，一九八七年三版)，頁一六九～二〇九。

妻。傳統文化的長期潛移默化，使他的衝突只存在於剎那。在某些人眼中，他的抉擇也許稍帶濫情，但就道德層面而言，還是值得喝采的。

張賢亮的中篇小說《綠化樹》㉜再敍述另一位勞改分子在衝突挫折中的調適經過。主角章永璘走出勞改隊，到了就業的農場後，環境有了些許的改變，但日日仍得爲三餐而掙扎。他一直爲其行爲不一致所苦：「白天我被求生的本能所驅使。我諂媚、我討好、我妒嫉、我耍各式各樣的小聰明……但在黑夜，白天的種種卑賤和邪惡念頭使自己吃驚。」面臨飢餓的威脅，章永璘每晚往馬纓花家跑。除了能飽餐一頓外，在馬纓花的「輕柔似水，飄忽如夢」的柔情照料下，他慢慢有了愛情的幻想。他對馬纓花的開放不以爲然，但無法拒絕她的柔情，何況她只是言談間的開放，實際上守身如玉。章永璘與海喜喜之間的爭愛，終於導致兩人正式衝突——打鬭。章永璘以技巧取勝，深知自己在馬纓花心中的地位日益穩固，但「知識分子」的身分，使他不得不對自己的行爲起了疑問，心理上展開了長期的自我衝突。

他認爲，在她施恩下生活，是種恥辱。施捨沾汚了他的苦行。他發覺自己對她的愛是一種感恩、感激之情，而不是完全以愛爲出發點的純情。另外，知識分子的頭巾氣也壓得他喘不過氣來。他知道「他與她在文化素養上的差距是不可能彌補的……她和他是不相配的！」在這種現實

㉜ 張賢亮，《綠化樹》（臺北：新地，一九八八年）。

與理想的衝突掙扎中，他無法爬出自掘的感情陷阱。他始終以爲，靠一個女人的姿色來過比較溫飽的生活、來唸書，是種極大的羞辱。

經過一番思考與觀察後，他終於體會到馬纓花的純潔與神聖的感情，他完全調適過來。但一切太遲了，他還是被迫離開了馬纓花，轉到另一處勞改隊，重新面對另一階段的勞教與監獄生活，過着另一種極需重新調適的生活。

《鹿回頭》（從維熙）[33]的勞改分子索泓一也有類似章永璘的經驗。他在漫長的自我調適過程中，一直有比他更能適應環境的女性來支撐他。索泓一在父母被劃爲右派時，畫張漫畫，批評當局，從此開始他勞改的命運。他先在居庸關外的勞教支隊遇上誤傷他兩眼的女盲流李翠翠。他不敢接受她的愛，更不敢答應她的要求——逃離勞教隊。

李翠翠嫁給勞教隊科長鄭昆山後，依然不避嫌疑，處處照料索泓一，想盡辦法幫他找吃的，一再催他離開。她能在任何艱難環境中調適自己。索泓一忍辱偷生，雖有多次機會，但膽識不足，下不了決心。等到李翠翠、鄭昆山夫妻陷入困境，自己也再三遭受羞辱，他終於逃亡了。

到了陰陽谷，他想隱名埋姓出賣力氣幹活，又遇上另一位比他更能適應環境的女性蔡桂鳳。悲慘的往事養成她的非凡調適能力。索泓一不能苟同她的作爲，但她的話句句有如醍醐灌頂，讓

---

[33] 從維熙，《鹿回頭》（臺北：新地，一九八八年）。

他體會出「留得青山在，不怕沒柴燒」的眞義。他無法擺脫自己的身分，常常顯出不屑爲之的模樣。蔡桂鳳說：「要活下去就要學會應付生活，學會哭，學會笑……」「我嘴上下賤是爲活着，身子可不下賤……」「說句不中聽的話，這年月你就眞是一隻鳳凰，飛下梧桐樹落地變成鷄，你也得學公鷄打鳴，像母鷄一樣咯咯地下蛋……」

索泓一對她的感情十分矛盾：「他一方面十分厭惡她的粗俗和放蕩，而求生存的心理天平上，却不自覺地朝着她的方向傾斜，他自知這是知識分子的墮落，但生活偏偏要求他這樣做。」兩人彼此互訴衷情，體會患難之交的眞義，他完全接納了她。但命運却註定他們不可能在一起，索泓一繼續流亡的命運，繼續尋找另一位女子來調適生活。

六、城市人的調適

文革後，都市的居住情形起了變化。被劃定成份不好的被迫遷出原來住所或縮小居住面積。部份「造反隊」隊員託革命的福，住進了資本家寬敞的住處。還有一些文革時下鄉，文革後返城。面臨種種挫折與衝突，這些人的種種生活經驗是當今大陸部份人的眞實寫照。

〈流逝〉（王安憶）㉞裏的端麗，文革前過着少奶奶的生活，住在寬敞的三樓洋房裏。文革爆發後，三樓被封，一樓搬來兩家工人。全家雖未受遷居之苦，但擠在同一層樓裏。空間狹小，摩擦日多。環境的遽變使端麗體驗到另一種人生。公公的定息、工資都停發，丈夫月入六十元，每天只有八毛的菜錢，讓她傷透腦筋。公婆只知回憶往昔之光采；丈夫仍然保留公子哥兒的習氣；小叔像幽魂般在家裏進出，不時給家人添麻煩；小姑畢業下鄉，被男友甩了，成了花癡。端麗一人扛起全家重擔，張羅諸事。她退讓、犧牲一切來維持全家生活。從前，自己的三個小孩全由奶媽照顧，這時爲了每月二十多元的額外收入，她當起保姆，幫人看小孩。然後不顧身分與學歷，託人介紹，她進街道工場間工作。經過將近十年的磨鍊，她已漸能適應。

文革結束後，三樓房間啓封，樓下也歸還了，生活空間變大。抄家物資退回，十年停發的定息和工資補發，存摺也還了。端麗又得重新調適自己，來適應新生活。穿着恢復往日的講究，家具重新添置，社交日益繁多，一切都令端麗無法一下子適應過來：「她不再感到重新開始生活的幸福，這一切都給了她一種陳舊感。……這是一種十分奇怪的感覺，她自己都沒有意識清楚，也不知道這感覺什麼時候開始的。」她覺得：「人生輕鬆過了頭反而會沉重起來；生活容易過了頭又會艱難起來。」

㉞ 王安憶，〈流逝〉，《雨，沙沙沙》（臺北：新地，一九八八年），頁一一九～一四四。

比較起來，下鄉再返城的遷移者的調適問題更爲嚴重。故里依舊，但社會變遷却使得親情與感情的糾纏更加複雜，調適自然成爲這些人的最大負擔。劉心武的〈立體交叉橋〉㉟交待了一個大動亂前後的遷移與心理調適的故事。侯銳在北京城外的農村中教書。他「也曾有過那麼階段，心中充滿玫瑰的意念，決心紮根農村，爲在農民子弟中普及中等教育幹一番事業。」但殘酷的現實環境一再給他帶來衝擊與挫折。他在以往教過的學生的輕蔑或憐憫的表情中，已體會出自己已成爲可疑可憐的代表人物。他盼望能像其他的十多名教師一樣調回北京，調整家人的生活至正常狀態。然而，面對老家十六平方米小屋的狹窄空間，加上弟弟侯勇的爭鬪、妹妹侯瑩的婚嫁問題，他不得不一再自我調適來應付一連串衝突帶來的挫折。

侯勇與侯銳截然不同。他是六六屆的初中畢業生，參加過「破四舊」的「偉業」。六八年到山西揷隊，自家成分有問題，但他依然有自己的生存之道。他「親眼目睹，乃至深入了解許多幹部子弟那榮辱起落無常的人生經歷。他最了解他們，因而最尊重他們，也最輕蔑他們。」七四年，他跟一個幹部的女兒結婚。七七年，岳父官復原職，遷回北京。從此，侯勇最直接、最重大的生活目標便是同愛人一起調回北京。但原單位不放人，老岳父不幫忙，一直未能如願。他看不起哥哥的窩囊模樣，希望侯銳全家遷到遠郊，妹妹侯瑩早點出嫁，他便能如願把自己夫婦的戶口

㉟ 劉心武，〈立體交叉橋〉，《她有一頭披肩髮》（臺北：林白，一九八八年），頁一三五～二五八。

轉回北京來。但侯瑩的個性與自家家境却成爲找對象的最大障礙。侯勇不擇手段，用了幾乎是強迫的方式要把妹妹推銷出去，結果侯瑩差點瘋了。這種在調適過程中加入侵略性頗強的成分，益發凸顯遷移對個體調適影響之大。

《北方的河》（張承志）㊱也是插隊知青返城的故事。男主角是曾參加偉業的紅衞兵，後來下鄉插隊。文革後，他與同是插隊出身的女主角在車上認識。經過一段時日相處，互訴往事，彼此言談投機，互相欽慕。回北京後，各忙各的，感情發展暫告一段落。他忙着研究生考試，她忙着推銷自己的攝影作品，因此認識了男主角的朋友徐華北。他比徐更熱情、更勇敢，但徐却更懂得支持和扶助艱難中的女性，也比他更機智和善於鬪爭。

他對未來沒有把握，不敢輕易流露自己的感情，更不懂得如何把握機會。等他知道女主角要跟徐華北訂婚，他才恍然大悟，若有所失。他只得移情於條條大江長河。對他而言，北方諸河是幻想、熱情、青春的化身。他狂熱投身在學術研究裏，讓自己的感情昇華，期盼在未來的學術成就上獲得補償。

他對學識的追求使他暫時忘却物質的匱乏與感情的空虛。母親一直由弟弟照顧。他覺得十分歉疚。因此，弟弟提議加蓋小廚房，他很慷慨答應出錢。他一心向上，但並沒有仔細考慮未來的

㊱ 張承志，《北方的河》（臺北：新地，一九八七年），頁三一～一七二。

出路。雖然他曾經在大風大浪中打滾過，但他心中深處的寧靜與眼前永恆目標的追尋，使他一時不致於有與環境調適的困難。

七、結語

在七十年代末及八十年代初，參與挖掘現實社會陰暗面與暴露四人幫罪行的大陸老中青作家，在外在的壓制性的政治運動（如清除精神汙染、反資產階級自由化等）與內在的自省後，批判的筆觸日趨緩和。作品在描述荒誕與疏離之餘，顯示出一種趨向調適的推力。五十年代大鳴大放的年代裏，曾經大膽建言而被下放二十年左右的王蒙、劉賓雁、張賢亮、白樺、從維熙等，文革期間曾下鄉插隊的阿城、李曉、陳村等，在進入八十年代後，作品呈現出强烈的調適意味。小說中的主人翁如果不是在整篇故事敍述中尋求調適之道，就是在結尾時設法調整自己，與周圍的個體、羣體或環境妥協。這種情形似與作者的心態有關。

這些參與勞改、插隊的作家，是制度下的受害者，每個人都有一段辛酸艱苦的日子。年長的，經過歲月無情的折磨後，早已失去當年鷹揚的心情。年輕的一輩，可能認爲插隊生活是他們這一代必經的歷程。因此，他們對於往事總抱着寬容的看法。基本上，這些作家依然抱着批判的態度，但下筆溫和。在現實的無形的政治籠罩下，他們知道自己已無力以激烈的「革命」手段要求變天，況且革命的結果是無法預期的，如果到時候又演變成另一次文革，後果不堪設想。這是作家不願接受的代價。因此，他們唯有忍受。不滿現實，也只有以緩和的言語提出建言。他們嘗試以不同的自我調適方式，化解內外壓力。他們對現實社會未寄予厚望，委曲求全的精神瀰漫在作品中，部分文字雖嚴苛尖酸，嘲諷性强，但全篇盡是退讓、妥協之情。作品成爲這些作家無奈心情的投射、寬容態度的告白。因此，無論是作者將自己融爲其中人物而浮沉與共，或寧願置身局外，旁觀見證。在刻劃社會變遷時，作品雖不時透視並暴露現實社會的種種弊端，但主人翁也以一種消極、被動的態度來調整自己與他人或環境的關係。

經由這些作家的生花妙筆，文革前後因遷移問題而衍生的種種衝突與挫折，似乎都得到了理想的調適，至少也是表面上或暫時性的調適。但他們對社會、對個人在動亂變革年代中的洞察與思考範圍似乎是羣體性的，而非個體性的；是消極被動的，而非積極主動的。

這些作家中，大部份都有上山下鄉、下放勞改的切身體驗。因此，作品中的種種描述多少都包含且融入自己經驗的成分。個體雖來自不同的生活背景，但在特定的時空裏過着羣體式的生活，其調適方式自然也呈現出一種羣體傾向。以整個羣體爲主要刻劃對象，作品所表達的往往是共同的生活態度與偏見。此時，「移情作用」（empathy）便挺身而出，扮演最重要的角色。作家化身爲故事中的主人翁，處處爲他著想，並設身處地的替主人翁建立友善關係，預想到他或她的反應、感情與行爲。這一切似乎都以一種類似的模式展現出來。

在遷移過程前後，小說中的主角爲了調整與羣體、環境的關係，本來可採用多種不同方式以求減低衝突與挫折。但實際上，類似《血色黃昏》(老鬼)㊲裏主人翁林鵠與〈立體交叉橋〉的侯勇那種採用暴力、富於侵略性的激烈調適方式是絕無僅有的。絕大多數的角色都接納消極性的精神昇華、補償、幻想或認同等順從方式。這些方式强調犧牲、退讓，迫使主角放棄以個體或自我爲中心的解決困境、難題的方式。如此，主角便可消除摩擦、困擾和其他產生焦慮的種種因素，但也冒了喪失自動自發精神與創造力的危險。形成這種調適自我的方式的原因，一方面要歸之於作家對現實的妥協，一方面得歸因於傳統的順民心態。生活在刻意造神、膜拜圖騰的時空裏，自然會自我解除逆叛的勇氣。除了上述因素外，還有一種生理上的因素值得注意與研究。

檢視本文列舉的十幾篇小說中，我們發現，關於挨餓與爭食的描述所佔篇幅不少。勞改分子索泓一(《鹿回頭》)與章永璘(《綠化樹》)永遠生活在半饑餓狀態中。常年遭受饑餓威脅的王一生(〈棋王〉)、蟹兄與四眼(〈屋頂上的青草〉)等知青往往饑不擇食，不怕他人笑話。生理上的最基本需求都無法滿足，時時都得爲三餐擔心，根本談不上精神上的調適。這些遷移者每到一處新環境後，面臨的第一個而且最重要的難題就是如何塡飽肚皮、卑微地活下去。環境對他們的需求，或存敵意或漠然相向，他們唯有認命的份，哪有抗命的勇氣？爲了求生，常常得捨

㊲ 老鬼，《血色黃昏》(臺北：風雲時代，一九八九年)。

棄人的尊嚴與信仰。從人轉化為物，自然不需再計較調適的方法了。

其次，還有一種現象不可忽略。在動亂不安的年代中，無論是搬遷、覓食、逃亡、逃荒或應對，女性扮演的角色比男性更為突出。換句話說，女性比男性更懂得調適之道。她們充分發揮其以柔克剛的韌性，處處展現出頑强的適應力、容忍力與包容力，支撐男主人翁渡過難關，化險為夷。馬纓花（《綠化樹》）、李翠翠與蔡桂鳳（《鹿回頭》）、端麗（〈流逝〉）、秀芝（〈靈與肉〉）與章小娟（〈褪色的信〉）都是强者。她們扮演的不僅僅是情人或妻子的角色，在某種程度上她們幾乎以母親身分出現，擔任男主人翁的守護神。她們比阿結實（〈網〉）㊳、鎖娃的娘（〈風雪茫茫〉）㊴、杜若美（〈女兒橋〉）㊵等人因大饑荒而被迫遠走他鄉，或所適非人，或典身救家，或慘遭批鬪的悲慘下場略勝一籌。

基於現實主義賦予的任務，這些作品充分表現了對這段歷史的關切，而且以詳盡的手法記錄下遷移者的遭遇。這些小說都有一個相當嚴肅且有意義的主題。如果能進一步勾勒出這個戰亂頻仍、生靈塗炭的大時代的氣息與深度，而不只執着於生命表相的流轉遷化，這些作品的格局會顯

㊳ 竹林，〈網〉，璧華、楊零編，《中國新寫實主義文藝作品選》，三編（香港：天地，一九八二年），頁二二三～三三一。

㊴ 牛正寰，〈風雪茫茫〉，《靈與肉》，頁一一五～一三四。

㊵ 李劍，〈女兒橋〉，《中國新寫實主義文藝作品選》，三編，頁三五八～三六六。

得更寬闊、視野更遠大、層次更深入，則啓廸與淨化（catharsis）的功能會顯得更爲宏大與深化。

第五章　從文化、自我視角觀照生死意識
——突破與超越（上）

一、前　言

自從劉心武的〈班主任〉在一九七七年十一月刊登於《人民文學》後，大陸小說開始進入一個嶄新的階段。十多年來，小說創作雖然一再遭受不同性質、不同程度的政治運動的衝擊，但脚步始終平穩。作品隨着作家對現實社會變化的仔細觀察與藝術價值提昇的認眞執着，終於從舉步維艱的「疏離」與「調適」階段大步邁入「超越」。凡事先破而後立，初聞自由氣息的作家迫不及待地要突破三十多年的種種禁忌、教條、框制。杜邁可（Michael S. Duke）說：「作家先是

突破『文學直接爲政策服務』的限制，依據個人的道德視野與美學標準來創作。」❶結果，强調所謂正面人物、光明面和正確思想的「社會主義現實主義」、「革命的現實主義與革命的浪漫主義相結合」的「兩結合」和「突出所有人物裏的正面人物、突出正面人物裏的英雄人物、突出英雄人物裏的主要人物」的「三突出」，便逐漸從小說作品中消聲匿跡。取而代之是以闡揚人性爲主的「人的文學」。這種趨勢與當代中國文化思潮完全吻合。當代中國文化思潮代表時代特徵的主題，就是人的主題，强調人的價值與尊嚴、人的自由與責任、人的主體意識的覺醒與高揚。

經過一番感性的控訴與理性的反思後，作家面臨瓶頸階段。「突破」雖非消極被動，但總不如「超越」來得積極主動。何況「超越」本身就意味着完成了的批判與反思。作家一方面體認到題材的枯竭陳腐，一方面感受到技巧的平凡庸俗。要更上一層樓，自然也得另闢蹊徑。文學無國界，人性本相近。作家終於借助西方文學作品與文學理論的激盪與衝擊，打開了另一扇門。大陸開放後，不同的西方文學紛至沓來，美不勝收，給原本死氣沉沉的大陸文壇注入一股活水。這種工作是透過紮實的翻譯，引進當代名家名著爲主，像卡夫卡（Franz Kafka）、沙特（Jean-

---

❶ Michael S. Duke, "Reinventing China: Cultural Exploration in Contemporary Chinese Fiction" (Draft paper for a conference on "Social and Political Changes in Mainland China: the Literary View" sponsored by the Center of International Relations, Taipei, Taiwan, May 1~5, 1989), p.1.

Paul Sartre）、貝克特（Samuel Beckett）、約瑟夫・海勒（Joseph Heller）的作品與研究均深受歡迎。德國的伯爾（Heinrich Boll）、格拉斯（Gunter Gross）、意大利的卡爾維諾（Italo Calvino）、拉丁美洲的博爾赫斯（Jorge Luis Borges）、阿斯杜里亞斯（Miguel Angel Asturias）、加西亞・馬奎斯（Gabriel Garcia Marguez）等人的作品均成爲年輕作者模仿與研究的對象。寫作技巧亦深受法國新小說、荒誕劇、黑色幽默、存在主義、意識流、魔幻寫實等理論的影響。

只憑作者的不斷努力與苦心經營並不足以把小說創作帶入高潮，文學評論的勃興對於帶動文學新浪潮也居功不小。這些受過嚴格學院訓練的評論者，已完全揚棄教條式的評論方式，純粹以藝術角度來看小說。紮實淵博的文學理論基礎，讓他們能深入解讀各種作品。他們談現代主義、結構主義或新寫實主義；他們研究作品的時空跳接、情節、人物性格、敍事方式等等。作家與評論家的携手合作，終於把小說創作的內涵，提昇到「超越」的境界。這種「超越」，不僅僅是作品中英雄角色奮力掙脫「疏離」與「調適」的困境，而且也是作家本人在藝術創作生涯中的一種超越。王干在〈論超越意識與新時期小說的發展趨勢〉一文中，也表達了同樣的看法：「對創作個性而言，超越意識即充分張揚個性，充分發揮主觀的靈動性與自由性，表現爲藝術表現手段的不斷蛻變，不斷地更新，不斷地尋找新的審美視角，不斷地尋找新的文學語言，不斷地尋找新的藝術結構，不斷地尋找新的生活內涵，不斷地發現自己，打破自己，重新組合自己，這就是超越意識的內核，與人們常說的『突破』、『蛻變』、『裂痕』等質。」❷這段話更進一步驗證藝術手法的「超越」仍然以襯托出「人」的獨特地位爲主旨。爲了達成此一宏偉的目標，作家不再刻意强調對某些社會弊端的浮泛抨擊，而致力於對跌入困境中的人類心境和情緒的一種洞燭幽微的體驗和尋流溯源的哲理剖析。也就是說，作家不僅對人性、人道作一般性的呼喚，而且開始鍥而不舍、執着地潛入到人性的「原始生命力」的「無底深淵」中去挖掘人的本質，力圖創造出眞正的「人的文學」。

老、中、青作家的努力，國外當代文學作品與理論的引進，加上文學的評論的勃興，造成八五年後大陸小說的多樣化與多元化。就某種意義而言，這種以紮實的思想內容、藝術上的創新與探索爲主流的文學「超越」現象，不僅表示大陸小說已完全掙脫教條框框的束縛，而且能更進一步從文化意識與自我意識的角度，來深入探索生死意識、藝術手法與人物性格塑造這三方面的突破與超越。在仔細檢視之後，我們發現，許多小說的主題本身就以闡揚文化意識與自我意識爲主。因此，本章將先討論文化與自我兩種意識的超越現象。然後，再以文化與自我爲檢視重要作品的主要工具，映照出新時期小說作品在生死意識、藝術手法與性格塑造的超越現象。

---

❷ 王干，〈論超越意識與新時期小說的發展趨勢〉，《小說評論》（西安，一九八八年三月號），頁三。

二、文化意識

英國人類學者泰勒（Edward B. Taylor）認爲，文化爲一複合體，包括知識、信仰、藝術、道德、法律、風俗和一切人類社會的能力與習慣❸。依此定義，描繪與展現上述文化所涵蓋的種種範疇的小說藝術，自然也是一種文化，而且是一種最爲敏感的文化。

文化可略分爲精神文化與物質文化。前者爲文化的深層結構（即軟文化），後者爲表層結構（即硬文化）。文學作品主要在於展現其深層結構。借用文學作品豐盈的表現方式與深入的挖掘手法，文化的具體內涵方得以體現；基於互動原則，文化也同時向文學提供了整體性的思維方式。莎白指出：「大文化思考納入創作過程使作家的思維從線性和單向變爲多線、全體；文化的眼光能使作家達到鳥瞰的高度，拓展更爲寬闊的視野，引起文學時空觀念的變化，使文學不再爲狹隘的具體領域或某些淺表層次所侷囿，而能從更高的立足點，多角度、多層次地展示漫漫長途和茫茫大千世界運動着的人類靈魂和人類眞理。文化意識不排斥和否定文學的社會、政治和階級

❸ 轉引自陳奇祿，《民族與文化》（臺北：黎明，一九八一），頁二〇。

意識，卻能將後者予以深化、强化、立體化和層面化。」❹這段話已充分顯示了文化意識在文學作品創作方面所佔的份量。深化、强化、立體化與層面化皆爲超越過程的諸般現象。換句話說，文學作品如果欠缺文化思考的內涵，則將趨於膚淺與單面化。

論文化意識的超越，首先自然是擺脫强調宣傳鼓勵功能的觀念，而直面人生的裏外眞相。關於這方面，「傷痕」文學與「反思」文學已經有所突破。七十年代末、八十年代初，身爲知識分子的作家，依然具有强烈的「感時憂國」精神。他們繼承了從屈原到魯迅的「濟世傳統」的精神，作品展現出明顯濃烈的傳統文化價值取向。王蒙的〈布禮〉、〈蝴蝶〉、〈春之聲〉、〈雜色〉等作品十分突出地揭示，他所苦思深索的是：人民與黨的關係、知識分子的命運與國家命運的關係。從劉心武的〈班主任〉、〈如意〉、〈立體交叉橋〉、〈公共汽車詠嘆調〉中，我們不難看出他對青少年的關懷、熱愛社會的憂患意識和「匡正世風」的使命感。蔣子龍的「改革文學」，如〈喬廠長上任記〉、〈喬廠長後傳〉、〈基礎〉與〈燕趙悲歌〉等，體現出他肯定文學對政治經濟的影響力量，並進而推動政治經濟的改革。這種以「憂國憂民」爲主題的文化類型，說不上是種超越，只能歸之爲五四文化精神的再發揚而已。

---

❹ 莎白，〈中國當代小說的文化意識〉，《中國現代、當代文學研究》（北京：中國人民大學書報資料中心，一九八九年三月號），頁一一九—一二〇。

眞正的文化意識的超越應該是本自「文化尋根」小說❺。老、中、青作家携手合作，終使文化之花盛開。八三年左右，作家在經歷「傷痕」與「反思」後，回頭尋根，試圖擴展小說新領域。風貌紛繁多樣的尋根文學可略分爲兩類：一類是對原始生命强力的追尋，如張承志、賈平凹、莫言、韓少功、鄭萬隆的作品，挖掘蠻荒自然和邊疆民族的文化寶庫，展現並歌頌一種非文化的原始精神，作爲對一種爛熟的傳統文化的否定。另一類則爲對中國傳統文化的追尋，如汪曾祺、阿城、鄭義、李杭育的作品。莫言《紅高粱家族》中那些精力充沛、魁偉美麗、性情剽悍、血性方剛、情感奔放的樸野形象。賈平凹的〈商州初錄〉，强調文學的地域特色，渲染陝南山鄉水城的風俗民情，馥郁着秦漢文化精神。張承志的〈大坂〉、〈九座宮殿〉與〈三岔壁〉展現了西部大戈壁的風雲人物。他遨遊於大戈壁，尋找回民的根源。韓少功瑰麗奇譎的〈爸爸爸〉與〈歸去來〉顯示楚文化的生命魅力。李杭育的「葛川江小說」以吳越文化爲創作的出發點，融士大夫淸雅孤高與越民狡猾機智爲一爐。鄭萬隆的〈異鄉異聞〉與烏熱爾圖的「狩獵文化」則孜孜不倦地挖掘東北文化寶庫。孔捷生的〈大林莽〉展示了海南斑駁錦綉的瑰麗色彩。汪曾祺不喜歡布局嚴謹的小說，主張信馬由韁，爲文無法，其散文化小說在大陸文壇獨樹一幟。阿城的〈棋王〉、

❺　莎白認爲，新時期文學中文化意識的崛起可溯於一九八二—一九八三年王蒙發表的一組《在伊犂》系列小說（同❸，頁一二一）。

〈孩子王〉與〈樹王〉中的棋、字、樹是中國文化中人格的象徵。對傳統文化所作出的思考，以及爲民族文化的現實地位而承受着的渾厚感受，使得棋、字、樹躍出了字面的、單薄的意義，負載了豐富而嚴肅的文化意識。鄭義的《老井》是歷史與現實的交融，闡明了人與自然的敵對。鄧友梅、陸文夫、馮驥才三人是市井小說的能手。鄧友梅的〈那五〉與〈烟壺〉從民俗角度展現北京市井文化。熟悉市井風俗的陸文夫在〈美食家〉與〈小販世家〉、〈小巷春秋〉系列中，刻劃出典型的蘇州風味。兩人描寫了普通平凡的小人物，通過他們的命運來反映時代的變化。給讀者一幅幅充滿地方色彩的風俗畫、世態圖。幽默而深沉的藝術風格，完全展現在兩人的作品裏。馮驥才以〈神鞭〉、〈三寸金蓮〉與〈陰陽八卦〉挖掘清末民族文化中的種種弊病與陋習。他把中國文化的弊端分爲三個層次：一是劣根性，二是自我束縛力，三是自我封閉的文化怪圈。三篇小說體現了這三個層次。他試圖以文化批判的獨特視角，切入中國人的民族心理、尋找劣根、擺脫束縛、暴露封閉、來推動自醒。

另一種文化意識的超越是人文文化的再闡揚。強調人性與理性的人文文化給作家有了選擇新立足點的機會。不同年齡的作家對於十年文革的感受不盡相同，因此，觀照角度也有所差異。丘岳說：「從『文革』黑暗隧洞走出來較先衝上文壇的中年作家基本以人性作爲自己的創作主題。經歷一段迷惘苦悶期之後崛起的青年作家則側重於理性力量的張揚。」❻透過實際作品的剖析，

❻ 丘岳，〈論新時期作家的文化類型〉，《中國現代、當代文學研究》(一九八九年三月號)，頁一五九。

可以感受到切合時代脈動的人性展現與理性飛揚。在戴厚英的《人啊，人》裏，透過孫悅、何荊夫、許恆忠、趙振懷等人的心靈的自我裸露剖白，我們看到人性的異化與精神的畸變。宗璞的〈我是誰〉亦表現了人性的異化。張賢亮《綠化樹》中章永璘的自我批判、自虐式的反省懺悔，表明他以人性和理性的思想來批叛與反省史無前例的荒誕時代。青年作家方面，張承志在〈黑駿馬〉的草原上找到人性的感悟、〈北方的河〉吸取了更多理性的力量、〈金牧場〉上不斷地希望、不斷地追求更多理想色彩和浪漫熱情，在在展露了人文主義的鮮明特色。鄧剛的〈迷人的海〉襯托出人的剛毅和頑強。梁曉聲的《一片神奇的土地》不斷頌揚人類創造奇蹟的神力。孔捷生〈南方的岸〉裏的知青易杰不安分於回城後的平靜生活，對橡膠園林頻頻回憶追懷。張抗抗筆下的岑岑對理想的「北極光」的希冀憧憬與苦苦追求……。

無論是對人性復甦的呼喚或對理性力量的張揚，都充分肯定人文文化的超越性。一般說來，這個階段的文學中的文化意識超越，能夠全盤代表時代特徵的，乃是以人爲主題的創作。強調人的價值、人的尊嚴、人的自由、人的責任，也就等於提昇自我意識。

三、自我意識

偉大的文學作品應該是作家以獨特的心智與視角去觀照人生、理解人生，再以創新與探索的藝術技巧來表達人生而寫成的。偉大的作品永遠要表達出恆久、普遍的人性，但作家在藝術實踐中却不應尋求共同性，而是去尋找自我。自我意識是作品的生命。誠如洁泯所言：「自我意識成了作家決定作品命運的獨一無二的藝術良知。它涵蓋並駕馭着作品的藝術色彩、思想色彩與文化色彩。」❼

重視自我意識的提昇並非新時期文學的創舉。在五四新文化運動與新文學運動中，以發展個性、解放人性爲基礎的自我意識，曾經是這段輝煌時期的基本特徵。郁達夫說：「五四運動的最大成功，第一要算『個人』的發現。從前的人是爲君而存在，爲道而存在，爲父母而存在的。現在的人才曉得爲我而存在了。」茅盾說：「人的發現，即發展個性，即個人主義，成爲『五四』時期新文學運動的主要目標。」魯迅也說：「最初，文學革命者要求是人性的解放。」❽令人惋惜的是，這個喚起人的覺醒、解放人的個性的自我意識運動在往後的政治發展中，一直遭受壓抑。抗戰期間，强調救國救亡的集體意識遠遠凌駕於自我意識之上。一九四九年後，約有三十年之久，這種强調充分發展個人聰明才智、尊重人的價值和尊嚴的自我意識，更完全慘遭階級鬥爭

❼ 洁泯，〈現代和當代：兩代文學反思的一個側面〉，《中國現代、當代文學研究》（一九八九年二月號），頁一六七。

❽ 轉引自錢谷融、吳俊，〈個性、啓蒙、政治——關於中國新文學的對話〉，《中國現代、當代文學研究》（一九八九年五月號），頁二二一。

與路線鬥爭的踐踏。文革結束後，文化思想與文學作品才重新揚起對自我意識的器重。作家追求個人價值和個人權利的藝術形象，關注的重心乃由羣體和社會轉向了自身。他們所呈現的並不是希臘悲劇式的作品、強調人被身外的一種異己力量所束縛，人在與這種力量的抗爭中實現自己的尊嚴；而是認定人被自身創造的力量所束縛，人在創造更美的世界同時，也創造了自己的牢籠。作品強烈的展現人失去自我的過程，和重新尋找自我的痛苦歷程。

個性解放是自我意識運動的一個重要部分，也是「尋找自我」的必經過程。而在個性解放過程中，「孤獨」對於作家與其作品中的主人翁而言，是一種獨特的體驗。「孤獨」並不等於「孤僻」、「高傲」或「自我退縮」。依據賀尼（Karen Horney）的說法，每個人都有㈠實在的自我（actual self）、㈡理想化的自我（idealized self）、㈢眞實的自我（real self）和㈣可能的自我（possible self）❾。所謂「孤獨」，應該是在發展實在的自我與眞實的自我的同時，也不放棄發展理想化的自我的一種實在現象。在本質上，孤獨是維護自我的獨立的品質、個性、思想與人格。因此，借用潘軍與錢葉用的話，便足以說明「孤獨」這種獨特的體驗對於某些作家是不可或缺的，他們認爲，「一個具有孤獨感的作家並非與世隔絕……相反，他的愛是博大的、凝重的、深沉的。他要擁抱生活，用獨特的眼光去洞察生活，爾後用獨特的感知方式來表現生活的

❾ Karen Horney, *Neurosis & Human Growth* (New. York.: Norton & Co., 1970), pp. 157~173.

內蘊。」⑩以〈北方的河〉（張承志）中的「他」、〈大坂〉（張承志）的「他」、〈老棒子酒館〉（鄭萬隆）中的陳三脚、〈最後一個漁佬兒〉（李杭育）的福奎、〈棋王〉（阿城）中的王一生與〈閣樓〉（王安憶）中的王景全這些孤獨者爲例，他們對壓抑自我的政治、權力、金錢、名譽等方面的力量不懈的抗爭，表現出來的並不是狹隘的物質間的東西，而是一種含義更爲廣濶的精神現象——超越自我。

自我意識的發展軌跡經覺醒、確認與深化後，才可達到超越的層次，而完成「尋找自我」的過程。在尋找過程中，當然免不了有所需求。根據馬斯洛（Maslow）的理論，人的需要可分爲五個層級：生理的需要、安全的需要、愛的需要、尊重的需要與自我實現的需要⑪。我們不妨把前面四種需要歸結爲生存需要，而自我實現的需要則是一種純粹的精神需要，是超乎人的動物生命之上的價值生命的需要。由於自我實現强調精神，自然不着重對人物作社會的、道德的價値判斷，而純粹以精神爲終極目標。〈無主題變奏〉（徐星）中的「我」、〈你別無選擇〉（劉索拉）中的孟野與森森、〈鬈毛〉（陳建功）中的盧森與〈你不可改變我〉（劉西鴻）中的孔令

⑩ 潘軍、錢葉用，〈關於當代文壇現象的對話〉，《中國現代、當代文學研究》（一九八九年五月號），頁一一。

⑪ 狄卡波奧（Nicholas S. Dicaprio）著，莊耀喜編譯，《健康的性格》（臺北：桂冠，一九八七年），頁一六七。

凱，都是在追求自我的實現——雖然層次不同，結果不同。這些人物對於理想的茫然，對於自我的不能把握，時時從玩世不恭、放浪形骸的人生態度中流露出來。因此，與其說這些作品表現他們在努力尋求自我，不如說表現了這種尋求過程的艱難曲折，和這種艱難曲折帶來的沮喪和失望。實際上，如果換一個角度來看，我們會發現，這些表面看起來玩世不恭的叛逆者，所反叛的正是我們傳統文化中過份强調社會義務、壓抑個體價值的「人化」現象。他們所追求的正是我們民族文化中最缺少的個性自由，亦即自我意識的覺醒。

生理、安全、愛與尊重這四類需要的追求目的，也是求得自我的個人價值與個體權利的肯定。但只從個人奮鬭、個人掙扎和個體拼搏爲起點，而以追逐絕對的個人權利爲唯一目標的人，往往捨棄了自我，異化了自我。有的人强迫自己進入一個不適合自己的模式中，因而造成對自己的不滿，再進而從自己本身退開，或者憎恨自己；有的甚至把自己當作另外一個人（depersonalizing）。也有的人個人目的達到了，但並沒有實現眞正意義上的個人自由與個人權利，結果從起點到終點都是一場人生的悲劇。〈成功者〉（蕭建國）中的余未立、〈哥，你像水……〉（韓冬）中的蕭洪、〈晨鐘暮鼓〉（中國祥）中的「我」、〈風景〉（方方）中的七哥、〈少將〉（喬瑜）中的王滿山和〈白渦〉（劉恆）中的周兆路都是這種類型的人物。他們爲了反抗和報復社會的壓抑剝奪，帶着扭曲的、變態的個人目的去掙扎、拼殺和奮鬭，只得與現實社會同化，形成奴性的異化，完完全全拋棄了自我。

無論是正面或負面的描繪，只要能凸顯出現代人在自我覺醒過程中的艱難與不屈不撓的精神，已經足夠稱得上突破了。畢竟，有了突破才有超越的希望。從自我意識的超越出發，我們要深入探索生存意識、死亡意識與藝術手法的突破與超越，應該是一條曲折但並不難走的路。

四、食色與生死

佛斯特（E. M. Forster）在《小說面面觀》（*Aspects of the Novel*）一書中說：「人生中的主要事件有五：出生、飲食、睡眠、愛情、死亡。」⑫這五件事其實可濃縮爲兩件：生與死。飲食、睡眠、愛情三件事的主要目的在於延長生命，避免死亡。說得更確切些，「食」與「性」本來就是「生」與「死」的基本條件。中國人對於這點體認極深；中國人往往把「食」當作生命的目的和直接象徵看待，把「性」看作是傳宗接代、生兒育女以求肉身永恆的手段。文學作品要刻劃人物、表達人性，自然也離不開「生」與「死」這兩個主題。描繪人在「食」與「性」之間掙扎或徘徊於「生」與「死」之間，其目的就是要以文學作品反映人性。換句話說，文學以人性全景爲材料，以人性爲依歸。

⑫ 佛斯特著，李文彬譯，《小說面面觀——現代小說寫作的藝術》(臺北：志文，一九七六年)，頁四〇。

以文學反映人性，人性的一切表現（不論善惡）自然會呈現在作品中。作家往往藉人的動物式的求生慾望（主要是食慾與性慾）、求死慾望（主要是侵犯慾與攻擊慾）與愛美之心、親子之情等來充分表現人性。翻閱文革後的大陸小說，發現作家對饑餓、性愛與死亡意識這三方面著墨頗多，其觀念也有多處超越傳統文化精神，值得深入研究。

人的需求可略分爲心理與生理兩種。人生中的種種苦難都是由於需求的無法滿足衍生出來的。心理與生理的需求無法滿足，造成精神的苦難與物質的苦難。這兩種現實人生的苦難恰是滋生文學藝術的土壤。物質的苦難以食物的缺乏最爲嚴重。「民以食爲天」，「食」遠遠排列在「衣、住、行」之前。食物之缺乏造成的饑餓現象，一向是史實上最觸目驚心的；而人在面臨饑餓，自我生命受到重大威脅時，表現出的生物性退化現象，更是當代中國歷史上最慘不忍睹的一頁。牛玉秋說：「當生命存在的基本條件出現問題時，人生意義的因果鏈條便會發生逆轉，於是，人爲了活着，必須想方設法弄到吃的；爲了弄到吃的，人又必須付出他幾乎全部的精力和智慧，從而使得吃彷彿成了生存的唯一目的。在這種情況下，人表現出可悲的無限退化：他甚至不如猴子，猴子還有嬉鬧和遊戲。在這種情況下，人們無法不墮入價值混亂的窘境：他無法對生命與糧食的價值作出清醒的判斷。」⑬於是，人們對於「爲活着而吃」（eat to live）與「爲吃而

⑬ 牛玉秋，〈劉恆：對人的存在與發展的思索〉，《現代作家評論》（一九八八年五月號），頁一一。

活着」(live to eat)的說法，便會覺得毫無意義可言。「衣食足，而後知廉耻」更是遙不可及。肚皮被控制住了，整天爲解饑而拼死拼活，根本談不上什麼文明文化的。生物性退化的結果，不僅使人在原地踏步不前，而且往往迫使人認同禽獸，自嘆不如禽獸。因此，文革後的小說，以文革期間與「十七年」裏這種物質苦難爲控訴主題的相當多。於是，我們讀到〈犯人李銅鐘的故事〉中無聲的逃荒人羣在寒風大雪中的山脚下緩緩移動着，李銅鐘擅自開倉濟饑；〈漏斗戶主〉中的陳奐生「低着頭、默默地勞動，默默地走路……他想的只有一件東西，就是糧食。」〈狗日的糧食〉中的癭袋不擇手段地扒弄食物，甚至挖鼠洞、接驢糞，淪落到不如動物的地步，最後因糧食含憤而亡等令人鼻酸的畫面。我們也看到〈山中，那十九座墳塋〉(李存葆)中饑餓的農民搶奪部隊施工現場的饅頭、〈塔舖〉中「磨桌」僥食幼蟬、〈風景〉中的七哥舐食地上糖果包紙的駭人聽聞的細節。

饑餓常逼迫男人爲盜爲匪，女人却多以身體來解決。〈網〉中的阿結實的父母不忍心讓她一起餓死，强迫她嫁給遊手好閒的阿雨；〈風雪茫茫〉中鎖娃的娘爲了救活尚在吃奶的鎖娃與挨餓的丈夫，決定再嫁換糧；〈假婚〉中的逃荒女子、〈閏七月〉裏的瘦小女子、〈靈與肉〉的秀芝、〈邢老漢和狗的故事〉中的女乞丐都是以身體換取溫飽。比較之下，鎖娃的娘、秀芝與女乞丐的運氣較佳，能夠充分表現出她們的賢慧與善良，因爲她們遇到的男人具有人性，懂得尊重她們。阿結實、逃荒女子與那位瘦小的女子，純粹只是成爲供應她們食物的男子的洩慾工具。但她們並沒有喪失為人的尊嚴。阿結實後來為餵養女兒而偷竊食物，被罰沿街遊行，口中發出淒厲的抗議叫喊聲；逃荒女子在事畢後流出溫熱的淚水；〈閏七月〉裏的瘦小女子則決心逃離不把她當人看待的鐵匠——在在都展現出她們尊嚴的自我意識並未泯滅。

「性慾」與「食慾」爲人的兩種最基本的生理需要。小說作品不乏討論食色兩空的佳作。除了描寫食色皆無的困境外，並賦予深層的意義，使作品顯得更有內涵。朱曉平的〈桑樹坪紀事〉寫出農民連食色兩種最基本的生理需要都不能滿足的悲哀。《綠化樹》的章永璘也同樣陷在食色的困境中。雷達對章永璘這個角色給予極高的評價。他說：「……章永璘在孤獨、苦難、饑餓、性壓抑中，接觸到了人的存在、人的發現、人的自我價值和人的潛能的發揮等基本問題。章永璘的追求是通向人的全面發展、全面實現這個目標的；『食』與『色』不過是其起點，目的則是人怎樣盡可能擺脫動物性，向着靈與肉融合的『昇華』境界和全面『人化』復歸。」⑭

性愛是生命現象不可或缺的。只要生命存在，性愛就會發生。把性愛作爲生命意識看待，它便可解說與確證社會進化與社會文明。余昌谷指出：「性是人性中最深邃、最隱秘、最複雜的地方，也是自然的和社會的、本能的和心理的、感性的和理性的、個體和羣體的等許多關於人的問

⑭ 雷達，〈民族靈魂的發現與重鑄〉，《文學評論》（一九八七年第一期），頁二一四。

題的聚焦之處。」⑮因此，描繪性愛只是小說的「外延意義」(denotation)，我們必須更深入挖掘其「內涵」(connotation)。〈男人的一半是女人〉(張賢亮)傳達了性愛這種人的本能在非人的政治壓迫下產生的種種心理和生理的變態。性愛構成了宣揚某種人性潛能的美學載體。在〈紅高粱〉、〈瀚海〉(洪峰)、〈虛構〉(馬原)等作品裏，性愛更重要地代表着生命與力，是生命意志的表現。性愛躁動表現着生命的激情，也推動着自然人性的張揚。以〈虛構〉爲例，主人翁「我」與痲瘋女發生性愛。這種以性愛爲方式的生命激情蘊含了兩方面的意義：一是對死亡、疾病的戰勝；二是以生命激情完成對人生痛苦體驗的超越和自身新生命的塑造。從另一個角度來看，這些有關性愛的描述，一掃傳統道德對性愛的陋識俗見。將它作爲生命創造的本性、意志和力量來展現，這既是對人的生命屬性的積極匡正，也是對傳統道德文明的虛假性的反叛與超越。

性壓抑與性放縱是一物之兩面，都違反了人性。王安憶的〈小城之戀〉、〈荒山之戀〉和〈錦繡谷之戀〉，通過「性愛」這個視角，以女性特有的精細對男女之間錯綜複雜的精神和肉體關係進行獨特的審視。作者淡化了社會環境和理性的作用，凸顯了性愛的位置，使人物在對性愛的體驗中，獲得自身生命新的激情和亢奮，在不同程度上改變自己貧乏的人生。三個女主人翁在人

⑮ 余昌谷，〈生活形態的審美還原——談近期小說創作的現實主義態勢〉，《中國現代、當代文學研究》(一九八九年十月號)，頁六四。

性上的表現遠遠超越了男人。另外，張賢亮的〈男人的一半是女人〉中章永璘與黃香久之間的靈肉糾纏，也證明了健康而豐富的性生活可以激發人的自豪感與自信心。性對人生的讚美與肯定，便足以培養能夠站起來，一無所懼的眞正的「人」。同時，我們似乎也可把性視爲一種象徵。章永璘的陽萎現象，象徵了政治反抗力量的萎縮；他性機能恢復則是象徵政治反抗力量的復甦。

透過性愛這個主題來批判中國傳統文化可以劉恆的兩篇中篇小說〈伏羲伏羲〉與〈白渦〉來說明。表面上，〈伏羲伏羲〉是則「亂倫」的故事，〈白渦〉是「婚外戀」，但實際上沉浮於小說忽隱忽現的深層意義却非同凡響。王斌與趙小鳴利用劉恆在〈伏羲伏羲〉結尾處「無關語錄三則」中的一則⑯，說明這兩篇小說的文化意義。他們兩人說：「……男性居於統治地位的權力結構，一向是公認的中國文化的一大特點，然而這一籠而統之的抽象概括却在很大程度上掩蓋了『文化』的另一側面，在此筆者稱之爲國人精神中的『陽萎文化』。……它指的是一種精神文化現象，而非生理性陽萎……傳統文化是如何令人不寒而慄地滲透到人的潛意識中並轉化爲一種心理——精神性陽萎。」⑰依據王趙二位的說法，性的最高層次涵義是「一種文化行爲——在何種

⑯ 劉恆引用的是日本新口侃一郎博士在其《種族的尷尬》中說的：「……同樣有趣的是東方的性的退縮意識。橫行的儒家理論在溫文爾雅的外表下，潛伏著深度的身心萎縮，幾乎可以被看做是陽萎患者的產物。……」見黃子平、李陀合編，《中國小說一九八八》（香港：三聯，一九八九年），頁一七一。

⑰ 王斌、趙小鳴，〈劉恆：一個詭秘的視角〉，《中國現代、當代文學研究》（一九八九年四月號），頁一五八。

程度上『文化』機制的引入對原慾（性）進行了修飾、改造和昇華、而又不致於由於文化的負擔過重而導致人的精神病態。」⑱這兩篇小說直指文化層次。劉恆認定男性有「精神陽萎」和「退縮意識」的現象，而賦予女性對自我解脫和自由的愛的追求。這種嘗試以「性愛」來闡釋傳統文化造成的精神性陽萎，是種超越，雖然在結尾處，作者又回到道德的層次⑲。

以「食」與「色」來表達生存的喜悅、悲哀與無奈，是一種歸納評論的角度，但不能認定這就是生命的完整意蘊。換個角度來觀照，我們依然可發現生命的另一種深化的內涵。無論是截取生活中的一點或全面來刻劃個人或羣體在現世中的掙扎、淪落，同樣可展現生命歷程中的焦慮與無奈。陳村的〈一天〉以簡潔的文字塑造工人張三單調乏味的一生；史鐵生的〈來到人間〉與〈命若琴弦〉以十分低沉委婉的筆調刻劃出殘疾者對於殘酷的現實生活的無奈。他在另一篇作品〈我之舞〉中，利用兩個鬼魂的對話來探求生命的意義。莫言的《紅高粱家族》與洪峰的〈瀚海〉更是替祖先立傳，為生死問題作了最佳的詮釋。

---

⑱ 同⑰，頁一五九。

⑲ 王斌與趙小鳴認為，劉恆思想中籠罩著一層悲觀的陰影。在〈伏羲伏羲〉中楊天青的對傳統文化的背叛最終被其後代所否定，而他的情人王菊豆也終於失去了她反抗的鋒芒，在悲涼和絕望中默默地度過她的餘生。即使是〈白渦〉中的周兆路臨末也開始對自己的「行為」幡然悔悟，重新復舊於規範的傳統生活。

生與死完全對立，但又彼此呼應。王彪指出，生命本體意識的强化包含生存意識、死亡意識與性愛意識⑳。尼采說：「所有被創造出來的東西，必須準備面對其痛苦的死亡。」死亡意識的强化，衝擊着生存意識，從而顯現出生命內部無法克服的矛盾運動。人在面臨生死抉擇時的刹那，往往是對生命意識最透澈、最深入的體認。因此，〈紅高粱〉裏羅漢大爺的凌割示衆，是生命意志的深刻表現；〈死〉（陳村）中作者與傳雷的對話闡明生死的另一層眞義；〈原罪〉（史鐵生）說明人對生死的無奈。在余華的〈世事如煙〉、〈死亡敍述〉、〈難逃刼數〉表現了「死神隨時窺視着生者」。

「殘酷」是對生死問題的另一種詮釋。〈一九八六年〉（余華）中的瘋子不斷地以不同的殘酷手段來折磨傷害自己，彷彿在殘害他人似的，讓讀者不寒而慄。同樣的殘酷場面一再出現在〈靈旗〉（喬良）、〈狗日的糧食〉、〈殺〉、〈伏羲伏羲〉、〈新兵連〉、〈現實一種〉與《血色黃昏》（老鬼）裏。這些驚心動魄的殘忍場面具體表現了人性的邪惡與狠毒、生存的艱難與窘迫、現實的冷峻和陰暗。作家由此對人生的終極價值、生命的終極意義做出思考和求索，對人生的苦難、生命的悲劇表示無上的關懷。這種勇於面對死亡意識挑戰的敍述超越了中國傳統文化缺乏直面現實的精神。

---

⑳ 王彪，〈透澈永恆的苦樂——論近年小說中人性的生命內驅力〉，《中國現代、當代文學研究》（一九八九年一月號），頁五五。

五、死亡意識

新時期的小說作品，對死亡意識也並非一開始就直接認知和勇於直面的，而是有一個逐漸認知和直面的過程的。隨着小說作品內涵的演進，對死亡意識的體認也漸漸從表層轉入深層而至核心。雨石依據肉體與精神的互相對照，把新時期小說中的死亡意識分為三種：肉體大於精神、精神大於肉體、精神與肉體並重㉑。實際上，除了這三種外，我們還可加上兩種。一種是完全否定精神與肉體存在價值的自殺意識；一種是出現在「後新潮小說」中的死亡意識。它不再強調精神與肉體孰重孰輕，而把主題直指生命本體。這五種死亡意識的詮釋完全決定於作者對於生死問題的體認。既然人必須面對無可避免的整個生命現實與自我，以及二者之間的種種平衡問題，自然不能逃避「生存或毀滅」（to be or not to be）這個永無解答的難題。作品中主人翁在生死之間的徘徊、猶豫與抉擇，多少體現了作者對某種死亡意識的認同。

在〈人到中年〉（諶容）中，我們發現作者對死亡意識的欲揚還抑。主人翁陸文婷醫術高超，工作認眞。她內心平和寧靜，拋却個人憂喜，只知關懷別人的痛苦。在醫療與家務雙重壓力下，雖勞累

㉑ 雨石，〈論當代文學中的死亡意識和永恆觀〉，《天津社會科學》（一九八八九年第二期），頁七四～七五。

困窘，她仍然頑強地挺立着，終因「超負荷運轉」，心力交瘁病倒了，在生死邊緣掙扎着。從這篇作品對中國傳統審美心理的認同上去分析，它沒有讓陸文婷痛苦而遺憾地閉上眼睛，其實是對「好人不能死」的大團圓主義的變相認同。實質上，這種變相認同是作者對死亡意識的一種潛意識的規避。比較之下，〈犯人李銅鐘的故事〉（張一弓）中的李銅鐘最後死於「過度饑餓和勞累引起嚴重水腫黃疸性肝炎」，倒不失爲一種比較合理的安排，因爲他與陸文婷已經沒有「周公恐懼流言日，王莽謙恭未篡時；向使當初身便死，一生眞僞復誰知？」的煩惱。另外，〈人到中年〉雖隱約透出人生的渺茫和虛無感，但又缺乏佛洛斯特（Robert Frost）在〈雪夜林中小駐〉（Stopping by Woods on a Snowy Evening）㉒中展現的那種不懼死亡但又愛戀現實人生的積極意義。〈人到中年〉不知不覺地流露出「肉體大於精神」的死亡意識。

第二種死亡意識可以〈高山下的花環〉（李存葆）爲例。這篇小說顯示出「英雄不會死」的「精神大於肉體」的死亡意識。文中的梁三喜連長爲掩護高級幹部的兒子趙蒙生壯烈犧牲、靳開來副連長在戰友的口渴之時去採甘蔗，不幸踩地雷犧牲；兩人是意識到死亡而又直面死亡的勇士。作家過分强調「在烈火中永生」的觀念，帶有强烈的現代意義上的「涅槃」意識，也就是在

㉒ Robert Frost, "Stopping by Woods on a Snowy Evening" Sculley Bradley, Richmond Crom Beaty, E. Hudson Long & George Perkins, eds., *The American Tradition in Literature*, 4th ed., Vol. 2 (臺北：新月翻印，一九七五年) ,p. 906.

本質上輕視或無視人的物質生命，並不把生命的存在當作「永恆價值」的有機部分。這樣，人活着的時候，肉體不被重視，人的生命意志和自由創造常常被非人道的理性節制着，有的甚至連思想和精神也會被世俗不理解或歪曲。這兩位英雄雙肩承受「憂國憂民」的重擔，只知如何完成長官交待的工作，從人不計較工作是否合理、是否有意義。濃烈的使命感模糊了個人的生命價值，也否定了自我的存在。他們的死亡雖非輕於鴻毛，但也無重於泰山。所以，靳開來活得窩囊，梁三喜也活得很累。這種對英雄生命本體的某種程度的輕視，對其精神不死的過分禮讚，死後却被塗上一層濃厚的爲國捐軀的悲壯色彩，無疑帶有佛家彼岸，追求來生的虛幻性。類似靳開來與梁三喜這種英雄典型，我們不禁會想起《三千里江山》（楊朔）中的吳天寶。這位在韓戰中死於美軍炸彈下的英雄，一樣活得很累，死得很慘。

或許我們還可以找到另一種「精神大於肉體」的死亡意識。這種意識可能比較會爲人們接受。〈我的光〉（鄭萬隆）中的紀教授，在文革中慘遭種種不人道的折磨，却因心願未了，從未想到以某種方式來結束自己的性命。他歷盡艱辛，登上天階湖，親眼目睹「那赫布」山的落日奇景時，掉下山谷。也許是心願已了，「紀教授躺在擔架上。奇怪的是身上沒有一處傷，臉上非常平靜安詳，半張着的眼睛裏還有喜悅的神色悠悠地流出來。那樣子誰也不會認爲他死了，只像魂兒離他而去。」他求仁得仁，死而無憾。這種「精神大於肉體」的死亡意識也同樣出現在王安憶的〈小鮑莊〉裏。撈渣（鮑仁平）爲了救五保戶鮑五爺溺水而亡。「一老一小靜靜地躺在筏子上，臉上的表情都十分安詳，睡着了似的。那老的眉眼舒展開了，打社會子（鮑五爺的兒子）死，莊上人沒再見過他這麼舒眉展眼的模樣。那小的亦是非常恬靜，比活着時臉上還多了點紅暈。」小小年紀的撈渣絕無法體會「精神大於肉體」的眞義。他的義舉純粹是人性善的一面的自然反射。雖然賠上了性命，但恬靜的面容證明了他面對死神的從容無懼。

阿城的〈棋王〉與莫言的〈紅高粱〉表露的是「精神與肉體並重」的死亡意識。〈棋王〉中的王一生，津津樂道於「吃」，爲的是確定生命本體的意義。「食」乃肉體之必需，是爲了延續自己的生命。他視生命爲「有」，但面對世俗的紛擾、醜惡、腌臢、凶殘時，他又視肉體爲「無」，視精神爲「有」。〈紅高粱〉中的「爺爺」、「奶奶」似乎比王一生活得更瀟灑、死得更坦然。他們張揚個性，尋求自由的野性。他們着重肉體，個個食慾旺盛，性慾健全。大碗酒、大塊肉，頗有梁山泊諸將之風。他們活着一天就享受一天、滿足一天。在他們的世界裏，有性崇拜、有酒神崇拜，却沒有死神崇拜。王一生超然物外的自由生存觀照，「爺爺」與「奶奶」「生也舒暢，死也坦然」的灑脫超拔，似乎有道家「齊物順性，我卽物，物卽我」的神韻。他們這種面對死亡坦然微笑與清醒的死亡意識，使人想起培根在〈談死亡〉（Of Death）一文中提到的奧古斯都・凱撒（Augustus Caesar）、惠思巴西安（Vespasian）、加爾巴（Calba）與塞菲拉斯（Septimius Severus）等人㉓。畢竟，死亡威脅不了性格高貴、意志堅强的人。從另一個

㉓ Francis Bacon, *Complete Essays of Francis Bacon* (Taipei: Wen-yuan, 1961.), p. 4.

角度來看，這種死亡意識也反映了現代人對所面臨的物質和精神困境的自覺超越。物質困境使人體認到超然物外態度的重要；精神困境使人頓悟到智者爲何往往未能免於隔絕、疏離的生存處境。

在動盪不安的時代，「自殺」是種十分平常的行爲。人在無限迷失與困擾之後，常有以死爲解脫一切渴求。精神與肉體的內在、外在力量無法取得平衡一致時，自然只有走上自殺這條路了。〈荒山之戀〉中的男女主人翁最後上山殉情，是種精神與肉體俱焚的行爲。既然兩人在凡間的肉體結合與精神契合無法得到世人的諒解，只得以愛與死合而爲一的「涅槃」意識來求解脫。兩人平靜、安然的服毒自殺，死而無悔。透過女的母親最後說的幾句話，我們也許能瞭解這種「愛」的悲壯犧牲的意蘊。她說：「女孩兒在一輩子裏，能找着自己唯一的男人，不僅是照了面，還說了話，交代了心思，又一處兒去了，是福份也難說了。」

〈八月驕陽〉（汪曾祺）中的老舍之死與〈五月的黃昏〉（葉兆言）的叔叔之死，是自殺的另一種。他們的死不同於〈荒山之戀〉中的殉情。他們徹底否定了肉體與精神的存在價值。兩人含冤莫白，身處內宇宙與外宇宙兩股強力的夾擊，無法認同現實世界，只有捨棄肉身，且同時在精神上求得解脫。肉身不在，精神亦未能獲得認定，肉體與精神必然共亡。作者既沒有稱讚這種行爲，也沒有否定它的社會意義。自殺行爲的發生，不僅僅呈現了個人對現實社會的不適應，也同時凸顯了現實社會中存在的某些弊病。精神與肉體俱焚的行爲，可以認定爲是作者借用主人翁的這種行爲，來表達他對現實社會的不滿與抗議。

自殺同時也是一種以本身的死來引起別人或社會的痛苦，作爲一種報復或懲罰的自虐行爲。〈火跡地〉（鄭萬隆）中的楊鬧兒在一再慘遭虐待與侮辱後，從河裏醒轉過來。他知道自己一人無法與那麼多的大人對抗，決心與他們一起步上死亡之途。他放火點着了草鋪子，「……整個草灘成了一個紅的世界。楊鬧兒擡起頭，看見飯場上也是紅的，那些窩棚坍塌了，那些人和鬼一樣呼叫着，慌亂地奔跑着，又像圍着火在舞蹈。漸漸，巨大的火升騰起來，像海浪一樣洶湧。」終於，楊鬧兒以自焚爲自己報了仇。

八七、八八年的所謂「後新潮小說」對死亡意識又提出另一種詮釋。在馬原的〈錯誤〉、洪峰的〈奔喪〉與〈極地之側〉、余華的〈現實一種〉、〈河邊的錯誤〉、〈世事如煙〉、〈一九八六〉、格非的〈大年〉、蘇童的〈藍白染坊〉中，都出現殘暴、凶殺、自虐、冷酷的死亡意識。作家表現出對死的冷靜、淡漠、茫然和不動聲色。這種新的死亡意識，實際上是對人生現實與對遠古文化的追尋後的進一步思索，也就是對人的生命之謎，對人的生命的自生自滅，特別是對死亡之謎的探索。作爲隱喩而言，蕭友元指出，這些作品主要「在揭示現實生活中人們生存困惑裏最隱藏、最陰暗、最深處的劣根，即暴露了作爲社會性這一層裏面關於生物性的那一層。」㉔

㉔ 蕭友元，〈死亡，後新潮小說的一個基本主題〉，《中國現代、當代文學研究》（一九八九年三月號），頁九五。

換句話說，這些小說在揭示人性惡的一面。唯有揭示出人性中固有的邪惡，才能眞正深刻地展現人間苦難的根源，眞正眞實地描繪苦難本身。這種正視人生，以「殘酷」爲基點出發的死亡意識，對傳統的文化精神和審美心理結構是種超越。

以「食」與「色」爲出發點，作家深入探討「生」與「死」這個無解的難題，充分展示了新時期小說內涵的提昇。偉大的藝術作品常因思想的豐富和深邃而偉大。最近幾年（一九八五—一九八八）的小說作品出現的求索現象，證明作家不再以悲痛傷痕、反思往事而滿足。他們擺脫了對人性的表層探索，直接從自我拷問着手而從事深層觀照。對人性作自我拷問是人類認識自我、超越自我的一份不朽記錄。

六、結　語

從文化意識與自我意識出發，檢視新時期小說中的生死意識，並非創舉。實際上，這只是文學作品回歸藝術殿堂的方法之一。雖然文學一直無法規避現實政治的影響，但絕不能完全受政治所左右。一九四二年五月毛澤東發表了〈在延安文藝座談會上的講話〉，整個中國文壇便籠罩在政治陰影下。這種情形一直延續到一九七六年十月文化大革命落幕才暫告結束。在這漫長的三十多年間，「文學爲政治服務」的欽定口號幾乎徹底瓦解了中國文學的根源。文學工作者遭受之折磨與迫害也罄竹難書。嚴格說來，強調文化意識與自我意識只不過是作家對傳統的一種認同，祈望文學能回到原來的軌道。

十多年來，文化意識與自我意識的開展都是沿着多樣化與多元化的路線進行的。具有濃烈「感時憂國」精神的作家，在其作品裏，處處展現他們對現實社會的無限關懷。熱衷「尋根」的青年作家，除肯定傳統文化中的精髓部分，並加以極力宣揚外，還不遺餘力挖掘文化中的種種弊病，祈求早日尋得自救之方。人文文化的再闡揚終於促成人性復甦的呼喚與理性力量的張揚。這一切都充分顯示出文化意識已成爲當代文學不可或缺的部分。唯有在文化土壤中培養滋長的作品才能枝粗葉茂。

其次，自我意識的提昇是一種對集體意識的間接抗議。多年籠罩着大陸的集體意識終於隨着文革結束而日趨退潮。作家以奇特的「孤獨」態度，冷眼旁觀周遭這不甚完美的世界，對抗壓抑，展現自我的存在。自我意識經覺醒、確認與深化等不同階段後，終於完成「尋找自我」的過程。作家並沒有否定生理的需要、安全的需要、愛的需要、尊重的需要，而是更強調自我實現的需要對尋找自我的重要性。作家曲筆側寫出追求自我遭遇到的種種困難，以反面寫法襯托出尋找自我的不易與曲折，同時也描繪了人在生理、安全、愛與尊重這四種需要的追求中，往往會迷失方向而捨棄自我、異化自我。

馬斯洛所說的五種需要是人的生存狀態的表徵。但生命總有終結的一天。如果我們能認定生命的結束，跟生命的開始同樣的自然，當然不必逃避死亡。佛斯特主張的人生五大主要事件離不開「生」、「死」二字，也離不開「食」與「色」。畢竟，「食」與「色」是生命的原動力。在作家的生花妙筆下，我們看到了無數的卑微者與邊緣人，爲食慾與性慾這兩種基本生理需求而苦苦掙扎着；我們也讀到以性愛爲主題來批判中國傳統文化。再深入挖掘，我們發現，多樣化與多元化的筆觸與題材，原來都圍繞着人性這個基本命題，更凸顯了人性在文學中的重要性。

死亡意識的深入探索使人們更加瞭解人生眞義。雖然精神與肉體孰重孰輕是個見仁見智的問題，但依據作品的實際內涵，讀者仍然能夠有明智的判斷。人若能接受「生命的終結，是自然賦予人類的恩典之一。」的說法，就不會再爲死亡而煩惱。「殘酷」詮釋了人性的邪惡與狠毒、生存的艱難與窘迫、現實的冷峻與陰暗。五種死亡意識更進一步闡明了生命的艱巨與無奈，也表現了人的微小。

這種種探索加强了文學作品凸顯時代的功能。無論是復古或創新，作家的種種努力，已經給中國文學帶來一股新的力量，使得文學夜空更加明亮。我們知道文學是無止境的；我們相信，新時期文學會繼續往前邁進，因爲已無退路。唯有繼續突破與超越，文學才有存在的價値，人性才有闡揚的機會。

第六章 多元化的藝術手法
——突破與超越（中）

一、前言

依據中共文藝理解之演進，我們不難瞭解，一九四二年到一九七六年之間，大陸文學爲何會走上衰微與沒落之路。在「社會主義現實主義」的條條框框的限制下，文學早已淪落爲政治的傳聲筒與宣傳品。文學只要一開始以宣傳爲宗旨，其藝術生命也隨着凋謝，因爲宣傳根本不是文學，也毫無藝術性可言。文學一旦以宣傳爲其主要屬性，便永遠無法脫離政治。每次政治運動前後，文學作品總被捲入，成爲政治鬥爭的利器。文學的生命氣息也逐漸變得微弱不堪。文藝浩劫在文革期間達到高峰，結果，「近十億人口裏只有十來個樣版戲，一個小說家——浩然，一個詩人——毛澤東。」❶四十多年來，「雙百方針」、「社會效果論」、「歌頌與暴露」、「精神汙染」、「資產階級自由化」等不同階段的不同說法，一直在批判文學作品時大作文章，常使作家無所適從，也就顧不得藝術技巧了。

文革結束後，文學並未立即回歸原來的正常軌道上。作品是否合乎藝術標準顯然擺在「創作自由」之下。在文革期間死裏逃生的老作家不但心有餘悸，且還得有「預悸」的準備。鑑古知今，以往歷史的慘痛教訓使得作家在創作方面，抱着如臨深淵、如履薄冰的態度。作家擔心的並非純粹以個人爲出發點，因爲一人出事，往往要株連無數人。所以，經過一年多的寂靜後，劉心武的〈班主任〉才發出第一聲吶喊。

新時期文學的初期小說作品，以訴苦洩憤爲主，很少考慮到藝術技巧，表現手法自然粗陋，難登大雅之堂。其間極少部分作品，能從藝術功能方面考量，在意識流、反諷、象徵、人物、情節、主題、時空等方面有所表現❷。概括地說，藝術表現技巧依然顯得生硬與單薄。一直到八二年後尋根文學的問世，藝術技巧的復舊與創新方面才出現一個新的局面。

---

❶〈中共文藝三年歷程與發展趨向——本刊與香港大學畢業同學會座談會摘錄〉，《爭鳴》（一九八〇年六月號），頁五九。

❷參閱拙著：《人性與抗議文學》第八章〈抗議文學之藝術技巧〉（臺北：幼獅，一九八四年），頁二〇八～二三〇。

從復舊與創新的角度來檢視，新時期小說在短短十餘年中，幾乎把近百年的各種文學藝術技巧與主題玩了一遍。暴露社會黑暗面、刻劃小人物只不過是回歸現實主義的懷抱而已。要談突破與超越，必須從作品的多元化與多樣化的表現手法出發。無論是意識流、黑色幽默、荒誕劇，都是舊瓶新酒，創意不高。但還是給人們耳目一新的感覺，畢竟文學已有多年未在正常軌道上運作。本章試以意識流的復古、語言敍述的突破、作品的哲學化、新寫實主義與後新潮小說的出現這幾個視角，來論述新時期文學作品表現手法的突破與超越。

二、意識流與其他藝術手法

意識流手法的運用在「五四」新文學時期就出現過，如施蟄存的〈梅雨之夕〉。但由於政治、社會的影響，這種新風格的小說不久就消逝了。以後的數十年當中，政治運動不斷，小說作品以呼應政策需求爲主，藝術手法並不重要，意識流手法自然不可能運用在作品裏。直到一九七九年十月二十一日，王蒙的〈夜之眼〉發表於《光明日報》，意識流小說又開始活躍在文壇上。

宋耀良在〈意識流小說與文體變革〉一文中指出，中國意識流小說是在一種非理性意識意義上的功利性的指導下，跨越了東方文化過程的三個階段❸。其中又以第三個階段的表現手法最爲可觀。他說：「意識流小說東方化過程的第三階段，由注重表現心態進入到注重表現民族文化心理之中。由尋找自我始，而進一步尋找自我之根——文化之根。」❹依據他的說法，意識流小說依然包涵自我與文化兩個層次。以李陀的〈七奶奶〉與鄭萬隆〈白房子〉爲例。兩篇作品都有強烈的文化表徵。七奶奶懼怕變化、恪守陳規是傳統文化的表徵。〈白房子〉挖掘少數民族心理中的意識流動，常有文化和藝術的雙重魅力。

意識流三大技法（內心獨白、心理分析和感官印象）❺的運用，更促成了當代文體的變革。例如劉索拉〈多餘的故事〉中的內心獨白展示了意志本身的美和韻味。何繼青〈遙遠的黎明〉中的層層剖析的心理分析，使內心活動形象十分活躍地呈現出來。王蒙的〈春之聲〉則運用語言中的通感、隱喻、暗示等特性，非常傳神地表達出主體的瞬間感受，和客觀對象所具有的個人主觀

---

❸ 宋耀良把中國意識流小說跨越東方化過程分爲三個階段：「……最初對西方意識流文學的借鑒，往往更多地著眼於技巧的模仿和搬用，這是一種橫向的手法移植。……第二時期……是既進人心理意識之內，又步入外部社會現實之中，將兩者有機地糅合在一起，形成中國所特有的文學表現形式——心態小說。」第三種亦卽正文中提到的。參閱宋耀良，〈意識流小說與文體變革（代序）〉，宋耀良選編，《中國意識流小說選（一九八〇～一九八七）》，（上海：上海社會科學院出版社，一九八八年），頁九～一〇。

❹ 同❸，頁一〇。

❺ 同❸，頁一九。

隨意性。

意識流小說展現了豐盈的內心世界。其結構本身常常喻示了情感、記憶、聯想與幻覺等意識活動方式。例如在張承志的〈GRAFFITI——胡塗亂抹〉中，我們發現有一系列意象在一片洶湧猛烈的情緒之流中源源而出。南帆說：「這股『意識流』同時還裹挾着一些珍藏於內心深處的情景——一個赤裸、黑污的孩子張手在草原上奔跑着，草地深處那不安的聲音；裹挾着一連串對於庸俗的憎恨和對於熱忱激昂的嚮往……這一切片斷顯然已經失去了自身的聯繫。它們僅僅在『意識流』中集中、銜接、交匯、完成，而這些貌似茫無頭緒的流動實際上巧妙地迎合着那個充滿迫力的歌聲節奏和旋律。」❻宗璞在〈我是誰〉中使用的變形手法表現了人在政治、思想層次的被扭曲。主人翁韋彌不知道自己是誰，連做泥土的資格都沒有。意識流的敍述恐怖地表現了主人翁肢解的理性和全面崩潰的人性。這篇小說全面昭示了十年動亂對於人的內心世界的破壞與摧毀。

除了意識流手法之外，許多作家也展現了獨樹一格的藝術手法。汪曾祺的小說熱衷於說風俗、道民情、記掌故、談來歷。他在中國傳統文化的濡染中，將儒家精神和莊禪意識熔鑄於小說中，創造出和諧的藝術境界。鄧友梅的〈那五〉和陸文夫的〈美食家〉這類的市井小說，描繪了一幅幅充滿地方色彩的風俗畫、世態圖。兩人以幽默風趣、含意深刻的語言表現了作品的風格。

❻ 南帆，〈論小說的心理——情緒模式〉，《文學評論》（一九八七年第四期），頁四七。

韓少功的〈爸爸爸〉中的丙崽除了集中體現了荒誕派作家筆下的「非人化」的人的形象之外，還與韓的另外兩篇小說中的么姑（〈女女女〉）和黃治先（〈歸去來〉）同樣顯現了「魔幻」中的主觀超驗的幻象。莫言的作品除了有强烈的「魔幻」意味外，還以「感覺世界」取勝。〈紅高粱〉以「我」的視點統一了各種感覺畫面的交錯組合。〈爆炸〉與〈球狀閃電〉展現出他的小說感覺世界的語言不但帶有詩的意象化特點，而且更注意對色、味、音、觸等感覺因素的聯想式外化。李曉在〈屋頂上的青草〉、〈繼續操練〉與〈海內天涯〉中的熱諷冷嘲的筆法，李杭育在〈阿三的革命〉中對現實政治的無情譏諷嘲弄，都呈現出黑色幽默中的荒誕與反諷意義。殘雪熱衷以超現實筆法描繪人的內心世界。〈污水上的肥皂泡〉中的被邪惡浸淫的母親在我的幻覺視象中頃刻化作一盆發黑的肥皂水，是創作主體潛意識中對渾惡人性內在感覺的超現實物化。《黃泥街》中人物的變形也是超現實物化。〈山上的小屋〉中大量的譫語式謎比也是超現實物化的結果，使作品顯示出主觀性、情緒性、模糊性和象徵性的詩特質❼。這些作家的技巧應用顯示了對傳統的超越。

---

❼ 王緋，〈在夢的妊娠中痛苦痙攣——殘雪小說啓悟〉，《文學評論》（一九八七年第五期），頁九五～一〇〇。

三、語言敘述與符號

語言的探索方面也有了某種程度上的超越。作者語言上的獨特風格往往給讀者留下强烈的印象。作者的語言能力除了天賦與學養外，還得視其是否能掙脫現實環境中瀰漫着某種特殊力量而定。對大陸作家來說，「語言的解放」首先就得排除强調塑造意識形態、公告式的刻板的「毛文體」的控制與操作。李陀指出：「……表面看來，『毛文體』是一個涉關邏輯和理論文字的問題，但實際上毛文體的控制幾乎已經涵蓋了中國文體的一切方面……。」❽王斌也指出：「……『毛文體』實際上已經滲透到我們的整個意識形態。」❾吳方更坦率地說：「幾十年來，我們在一種『毛式文體』、『毛式語言』的牢籠中，困頓於文化的蹉跎不振，只能用一個腦子、一種眼光去看世界想問題，這乃是不易被意識到的人格素質、機能的困厄。」❿文學作品自不例外，同樣在「毛文體」籠罩之下。就階段而言，八五年的小說開始了對「毛文體」的衝擊。汪曾祺、阿

---

❽ 李陀、張陵、王斌，〈「語言」的反叛——近兩年小說現象〉，《文藝研究》（一九八九年第二期），頁七九。

❾ 同❽。

❿ 吳方，〈作爲文化挑戰的小說新潮〉，《工人日報》（一九八九年五月二十八日），二版。

城、何立偉、韓少功、林斤瀾等，都從各個不同角度突破了「毛文體」的束縛。八七、八八年，余華、格非、蘇童、葉兆言的作品是對「毛文體」的又一次衝擊，造成「毛文體」的解體，中國語言又獲得了「五四」以後的第二次解放。作家不約而同的努力，終於推翻了文體的圖騰。圖騰的盲目崇拜往往會變質而導致類似宗教般的狂熱。沒有「毛文體」的約束與控制，作家如釋重負，自然能在內容日趨多樣化的作品中，以不同的藝術手法獨樹一格。

在論及余華、格非等人的語言敍述時，吳方說：「在余華的小說中便缺少了時間、因果的常規聯繫，而非常規的無序態使得眞象的感覺格外凝重、冷醒、觸目，在似眞似幻的敍述中，一種暗昧的存在被裸露出來，但似乎也無法完全地把握住。語言在其中獲得了一種解放。」⓫他又接着指出：「傳統歷史判斷、倫理判斷、邏輯判斷在敍述活動中遭到質疑。通過敍述使意義和語言都不確實。從現代文化意識背景去看，這類小說意在顚覆既定的敍述閱讀規範，在開啓自身的活動中消解傳統的權力話語系統。例如在格非的〈迷舟〉和〈大年〉中，故事也好，人物也好，都被一種偶然性的宿命所安排着，一切都既顯得無條理，又似乎是那麼回事。難以捉摸的敍述格調和氣氛不僅動搖了所敍述着的歷史的確定性，而且表明任何必然的因素都可能淹沒在話語的交織中。在孫甘露、蘇童、葉兆言的小說中也能感覺到這樣一種敍事語言的張力。」⓬語言文體的解

⓫同⓾。
⓬同⓾。

放、改變、思維方式也就隨着改變。最後導致受思維制約的符號的消失，而且影響到生存選擇。

人一向生活在符號世界裏。作者利用語言製成符號來傳達訊息與意念。過去的小說中符號的意識形態十分濃厚，像「國民黨」、「共產黨」、「封建主義」必然負載某種內容，且給作者讀者某種思維的制約。余華、格非、葉兆言等人的小說限定了符號的作用，不但沒有「內涵」的意義，甚至在「外延」方面也失却重量。如格非的〈大年〉，「共產黨」只是個符號，本身不具有太大的意義。往往事件抽象之後，符號甚至可以互換，生存狀態完全取代了符號的約束。余華的〈世事如烟〉以阿拉伯數字爲故事人物命名。阿拉伯數字卽符號。卽使故事中的司機、接生婆、父親等亦是符號，因爲他們沒有確切的姓名。以司機爲例，這個符號極力設法明瞭他個人生存中面臨的種種困境。他活著的時候，想盡辦法來維護自己生的權利，但直到死時依然無法瞭解自己的生死問題。這個無法知道自己生存意義的符號，生活在世界的邊緣——他永遠生存在安全、穩定、意義、命運的夾縫裏。

四、作品的哲學化

傳統的「說書」式小說，以講故事爲主，談不上藝術手法的應用。社會主義現實主義文學以「政治」掛帥，文學成爲政治附屬物、政治宣傳品，只知利用文學塑造正面形象，結果印證了史洛喬爾（Harry Slochower）的說法：「拙劣藝術招致拙劣宣傳。」⓭一九四九年到一九七六年的中共小說，幾乎都是循此路線而行，其藝術價值自然乏善可陳。

七七年後的「傷痕」作品，重蹈「說書」式小說的覆轍。呈現在讀者面前的，只有血淋淋的事實，缺乏較高層次的藝術處理；作品本身具有激動人心的現實性，却沒有發人深省的哲學性。它們捕捉到的僅僅是一些浮面的現象，沒有深入研討歷史事件的本質與內涵。這些缺點在八三年後的作品中，才逐漸消失。取而代之的是一些具有濃烈哲學意味的作品。新時期文學的演進促成作家哲學意識的覺醒。作家經過一番反思審視後，發現「人」才是力量最大，唯一能夠攻城奪地的思想武器。以「人」爲主的新意識新觀念，終於使得新時期文學顯得豐厚與沉實。作家以如椽大筆，把人的個性獨立和精神創造性轉化爲藝術創造，强化與深化了作品的哲學意識，逐步實現了文學的巨大超越。

檢視八三年後的作品，可以從四個觀照層面來檢驗作品的哲學化。這四個層面是：疏離、殘疾、性愛與生命本體。作家對人物的刻劃不再過份强調其政治性與社會性，而能直接穿透人物的政治、社會行爲的外層，到達人的本性的內層，其作品便可包涵對人的某些本質屬性的哲學意

⓭ Harry Slochower, "Literature & Society," *Marxism & Art: Essays Classicoand Contemporary*, selected and with historical commentary by Maynard Soloman (New York: Vintage Book, 1976), p. 480。

味。例如在高曉聲的〈漏斗戶主〉、馮驥才的〈啊！〉、王蒙的〈蝴蝶〉、宗璞的〈我是誰〉、殘雪的《黃泥街》、張賢亮的《綠化樹》等作品中，都表現出人在一定政治與社會條件下的無能力感、無規範感、無意義感、孤立感和自我隔絕感的疏離現象。這些故事的主人翁不是與自我疏離，就是與社會疏離，具有相當濃厚的哲學意味。

描寫殘疾者的生存狀態，表面上看來，是作家對社會的一種關懷，但實質上，我們不妨視之爲作家對現實政治的哲理投射。〈來到人間〉（史鐵生）中四肢癱瘓，只有頭腦正常的小孩，其象徵意義未嘗不是影射到政治層次。〈阿蹺傳略〉（王安憶）中的阿蹺，最後以參加「振興中華」爲題的演講比賽，「跛足政治」的意味頗爲濃烈。〈一天〉與〈故事〉（作者均爲陳村）中的張三，不是庸庸噩噩，一生空白，就是托革命之福，起起伏伏，烘托出人生的無聊與無奈。史鐵生的〈毒藥〉更預言了荒謬世界中的某種奇特心態，人人只知在養魚技術方面爭長競短，而忽略了人生的積極意義。

由於史鐵生本人是位殘疾者，因此，他對於殘疾者外在行爲與內心世界的剖析，更具眞實性與震憾力。吳俊在討論他的作品時，認爲他的「殘疾主題」的最爲表層的含義，在於對生命價值的肯定。與薛西弗斯得到的一種「幸福的寧靜」來比較，史鐵生顯示的是一種「生命的憂慮」[14]。

---

[14] 吳俊，〈當代西緒福斯神話——史鐵生小說的心理透視〉，《文學評論》（一九八九年第一期），頁四〇～四九。

更有進者，史鐵生本人說：「『殘疾』問題若能再深且廣泛研究一下，還可以有更深且廣的意蘊，那就是人的廣義殘疾，卽人的命運的侷限。」⓯從人的局部殘疾推延至人的命運侷限，其濃郁的哲學味道不言而喩。

滕雲在〈十年樹人〉一文中把十年新時期文學的現象描述分爲政治人、社會人、文化人與哲學人。他認爲有兩股文學潮訊與「哲學人」形象相伴而來。他說：「一九八五年前後，在人們不知不覺間，文學對性的描寫從羞澀變得坦然，從個別變得普遍，從非常態變爲常態。一時間卑下與崇高、俗陋與莊嚴、生理與心理、寫實與象徵、官能性與精神性、自然性與社會性、原始衝動與文明反思，淸濁相間，涇渭難分。但有一點可以看出來的，一些嚴肅的創作對性的描寫，已經超越道德範疇，超越社會問題性，嘗試以此切入人的本體世界。」⓰我們從王安憶的「三戀」（〈小城之戀〉、〈荒山之戀〉、〈錦繡谷之戀〉）、古華的〈貞女〉、劉恆的〈伏羲伏羲〉與〈白渦〉中，體認到作者的苦心。他們刻劃的並不是表層的生理與心理的需求，而是深入挖掘傳統道德文化對人性的壓抑。

滕雲所說的另一股文學潮訊是指小說對人的生命行爲、生命意識、生命意志的奧秘進行探

⓯ 見〈史鐵生寫給本刊（指《文學評論》）編輯部同志的信〉，同⓮，頁五〇。

⓰ 滕雲，〈十年樹人〉，《天津社會科學》（一九八九年第二期），頁五九。

尋。作品對生命本體的深入探討，提升了作品的內涵意蘊。本書除了在第五章對生存與死亡作徹底的挖掘外，還可舉出許多例子，來證明作家對此命題的重視。阿城的〈棋王〉蘊涵了「飲食爲天道第一大急」的中國人對人生的哲學態度與觀念；〈樹王〉表現了人的生命精神與宇宙自然的同體。陳村的〈死〉，借傅雷夫婦的自殺來寫生命的死亡。鄭萬隆的〈異鄉異聞〉刻劃了原始的生命力。張承志的〈黑駿馬〉、馬原的〈虛構〉與〈岡底斯的誘惑〉、洪峰的〈勃爾支金荒原牧歌〉、札西達娃的〈繫在皮繩扣上的魂〉描繪了生命的原生狀態。孔捷生的〈大林莽〉、鄧剛的〈迷人的海〉、張承志的〈金牧場〉，歌頌生命意志和生命精神。楊志軍的〈海昨天退去〉中展現了生命所創造的奇蹟，表達出對人的生命能力的關注。這些作品的內涵直指生命本體，從不同的角度發出濃厚深密、久久不散的哲學味道。

五、新現實主義與後新潮主義

近兩三年來，由於現實社會的變遷，以文化思考爲主的報告文學似乎有後來居上的趨勢，有些評論者甚至認爲一九八八年爲「報告文學年」[17]。這種關注社會現實的報告文學的勃興，影響

[17] 參閱艾妮，〈弄潮人的求索——問題報告文學研討會概述〉，《文學評論》（一九八九年第三期），頁六三～六九。

了小說的流向。其中一股流向是滲透了一些紀實性的因素，使小說更加現實化、世俗化，向「紀實熱」認同。「新現實主義」小說也就逐漸成為八七年後的小說主流之一。

「背景實化、故事虛化」是新現實主義小說的主要特徵。作家不願重操舊現實主義的故技，顯得「虛」一些，但比新潮小說「實」一些。在描寫對象的「眞實」上，保留了現實主義的要質，但打破了狹隘的社會政治功利觀、掙脫了倫理、道德化的羈絆，而直接面對人的本質和生命的運作過程。換句話說，這類小說淡化了傳統現實主義小說中的憂患意識、參政意願、民族自尊心和社會責任感，也不再專注追求公正、人道與未來理想。關於新現實主義的特色，不妨聽聽丁帆與徐兆淮的看法。徐兆淮認為，「新寫實主義（即新現實主義）作品之所以新，在於它們具有強大的開放性和包容性，它們能夠吸取融合現代派各種創作流派的藝術長處，同時它們又具有鮮明的當代性，並以強烈的歷史文化意識和哲學意識作為底蘊。」⑱丁帆說：「新寫實主義作品在敍述形態上，一方面既保留了舊現實主義的基本描寫特徵，比如情節與細節描寫的生活化、原生化，人物描寫的細膩性等等，另一方面它們又融進了西方現代小說的創作精神和表現手法，比如那種心理的、情緒的、直感的介入，那種隱喩的、象徵的、意象的『反典型』描寫，那種對人的

⑱ 參閱李兆忠，〈旋轉的文壇——「現實主義與先鋒派文學」研討會記要〉，《文學評論》（一九八九年第一期），頁二七。

生存狀態以及生命過程的體驗等等。」[19]例如劉震雲的〈塔鋪〉、〈新兵連〉與〈單位〉，便揭示了外宇宙對內宇宙的影響，展示了一個時期負重的人生和銹蝕的心靈。在〈塔鋪〉裏，我們看到「我」與其他同學如何背負家庭重擔，忍受老師的奚落，希望能考上高考。最後，李愛蓮爲了醫治父親的重病，只好以身許人，放棄考試；王全自知頭腦不行，妻兒又面臨斷炊，只得打退堂鼓；「磨桌」在考場上暈倒，「大半年的心血，就這樣完了！」現實的壓力使得人人擡不起頭來。劉恆在〈白渦〉、〈伏羲伏羲〉和〈虛證〉這三部以性心理、性活動爲基本內容的作品中，既看到了縱向的歷史積澱，又看到橫向的社會投影。鄭樹森論及〈伏羲伏羲〉時說：「這個中篇的成功，並不單憑古典神話的現代詮釋，或深層心理的鄉土落實，而是作者將歷史、政治、文化等外在層次的簡約，造成生理和心理的異常之凸顯或『前景化』（foregrounding），一方面排斥過去的文藝教條，另一方面則製造出令人戰慄的效果。」[20]池莉的〈煩惱人生〉與方方的〈風景〉展現了凡夫俗子在現實社會的殘酷條件下如何苟活。〈煩惱人生〉以印家厚的一天生活爲背景，栩栩如生地刻劃出他作爲丈夫、父親、兒子、師傅、工人等各種角色而承負著多重的精神煩惱，極爲深刻地描繪了人在塵世中的種種無奈。既然人必須扮演家庭與社會的各種角色，必然會

[19] 同[18]。

[20] 鄭樹森，〈從後設到夢魘——近兩年來的大陸小說〉，《聯合報・副刊》（一九九〇年四月一日二十九版）。

捲入人生種種矛盾與悲苦之中。

新現實主義小說還有一個特色。像王朔的〈頑主〉、〈玩的就是心跳〉、劉震雲的〈塔舖〉、〈新兵連〉、査建英的〈往事離此一箭之遙〉、〈叢林下的冰河〉，都具有濃厚的自傳意味。王干指出：「他們（指王朔、劉震雲、査建英等人）都在很大程度上運用或調動了個人的經歷，投注了個人的生活經驗和情感經驗，因而帶有明顯的自傳色彩，這便使小說籠上了濃郁的紀實性和自白性。全由『我』敍述，它一方面可以傾注個人的經歷和經驗，又可以漫不經心地虛構那些巧合的或富有詩意的、或富有衝突的、或頗具幽默效果的情節和細節，但同樣可以取得一種紀實性效應。」㉑從敍述觀點來說，整篇故事由「我」敍述，是屬於「第一人稱」敍述觀點。這種敍述法一種是「我」擔任「目睹敍述者」（witness-narrator）。「我」不是主人翁，他只能告訴讀者他看到和想到的，無法進入別人的內心世界。心理狀態只能用對話表示，如〈新兵連〉中的「我」。第二種「我」擔任「主角敍述者」（protagonist-narrator），自己是最重要的角色，又透過自己的眼睛觀察周遭的一切人事㉒。這種角色能勝任事情之轉接、外象之描述、自己內心

㉑ 王干，〈超現實與紀實：小說流到哪裏去？〉，《人民日報》（一九八九年二月二十三日），六版。

㉒ Norman Friedman, "Point of View in Fiction—the Development of A Critical Concept," Philip Stevick, ed., *The Theory of the Novel* (New York: The Free Press, 1967), pp. 124~127。

之獨白，但也同樣無法探測出他人的心理狀態，如〈叢林下的冰河〉。因此，這個特色也有其侷限性。

與新現實主義小說同時出現的另一股流向是加重文學的虛構性，超現實地營構心靈的幻象世界的「後新潮小說」（或稱爲「超現實小說」）。像余華的〈世事如烟〉、〈現實一種〉、格非的〈大年〉、〈迷舟〉、〈褐色鳥羣〉、洪峰的〈極地之側〉、〈瀚海〉、孫甘露的〈信使之函〉、〈訪問夢境〉，都籠罩著一層夢幻色彩，時間和空間也往往失去了自然的確切的界限與流向，完全是作家「精神自動性」的一種「下意識書寫」。儘管如此，這些小說的某些基本形式還是與傳統小說有重疊的部分，但有了新的創意。高尙說：「這些小說對故事、情節、懸念這些傳統小說的基本形式因素重新重視，講究故事章法和敍事技巧，但這並不意味它們退回到傳統的起點，而是相反。在這些作品中，結構形式本身已成爲小說內在意蘊的一部分；其次，作者以情感的零度介入方式完成小說敍述，既摒棄傳統小說中的主觀判斷因素，又避免現代小說中那種自我意識的極力渲染，而向讀者提供一種幾乎是純客觀的此在與彼在的人和世界的狀態，敍述者的主觀功能隱藏起來，或者說假如這種功能仍還發生作用的話，也不表現在對語言、結構、敍述等多部形態的操縱上，而無任何介入情感判斷的跡象……」㉓高尙的意見大體上指出這類小說的超越

㉓ 高尙，〈論新時期小說創作的深度模式〉，《文學評論》（一九八九年第四期），頁六八。

之處，但「情感的零度介入」之說有待商榷。實際上，小說中的任何東西都是作者操縱的表現。純粹的不介入只是一種奢望，根本做不到。布斯（Wayne C. Booth）在《小說修辭學》（*The Rhetoric of Fiction*）一書中提出「作者隱退」(exit author）的概念。他認爲，任何小說中都有作者的存在，亦即作者潛在的「替身」，或「第二自我」。與傳統小說中作者直接拋頭露面式的簡單形式比較，現代小說的作者介入顯得更加複雜、隱蔽和精巧。介入的方式改變了，但作者並未在小說中完全消聲匿跡，因此，「情感的零度介入」並非十分完善的說法㉔。

其次，我們明顯地看出，余華、格非、葉兆言的作品實際和「傳統」的寫實小說很不一樣。木弓說：「『傳統』的寫實小說裏，故事並不是目的，僅僅是幫助小說家完成某種主題的手段。我們在接受這類小說時，通常會由於小說主題的深刻而原諒其故事性的差弱。而在余華、格非、葉兆言的小說裏，故事和主題的人爲割裂已被技巧的活動所調和。我們在討論其小說所用的『故事』這個概念時，已和『傳統』小說的『故事』概念完全不同。前者更多地指技巧活動——結構過程，具有動力學意義。這個在技巧活動的過程中，小說的主題已被還原爲一種形式、一種信息。小說的意義全部浮現在由字面組成的語言結構裏，『傳統』小說必備的超小說語言的『目的』、

㉔ 參閱 Wayne C. Booth, *The Rhetoric of Fiction*, 2nd., ed., (Chicago: The University of Chicago Press, 1983) 一書的第三章與第十章。

『主題』與『哲理』之類完全消失了。」㉕由於强調技巧活動——結構過程，傳統的「說書人」完全失去作用。以往，我們可以憑藉簡單地轉述故事，就可體會傳統寫實小說的主題哲理。而余華等三人的作品內容却幾乎無法轉述。讀者只有具體地閱讀小說本身，只有用閱讀去參與敍述者的技巧活動，才能與作者達成交流，才能接收來自小說本身的信息。這點與現代小說要求在最大程度上和讀者之間達到閱讀的和諧是非常接近的。

新現實主義小說的敍述凸顯了「我」的地位，作者介入的意圖十分明顯；而後新潮主義小說却盡量壓低敍述者的主觀功能。二者的敍述態度，形成有趣的對比，各有長短。但就小說本身的長期發展而言，與其說我們關切藝術手法的應用，不如說我們更注重小說自身的內涵與功能。因此，任何主義只要能眞正實現小說的內涵與功能，都有存在的價值。

六、結語

朱大可在〈空心的文學〉一文中說：「當代文學已經再度返回『五四』的起點，重歷生命解

㉕ 木弓，〈余華、格非、葉兆言爲何在一九八八年引人矚目〉，《長城》(石家莊：一九八九年第一期)，頁二三一～二三二。

放和精神自由的過程，捲入文學進化的第二度循環。當代文學的現代主義化，指望於時間的這種無限延宕。」㉖這段話一針見血地指出，文革後的大陸小說雖然極力想掙脫五四的陰影，但在文化傳承的壓力下，仍然有一部分是往昔殘餘的延續。藝術手法本來無所謂新舊，如何適當貼切地把形式應用在內容上，才是第一要事。問題是，在摹倣過程中，究竟有無創新的手法出現，或者只會東施效顰，品級不高？或者作家依然無法擺脫受人撥弄的悲哀？

作家在這場藝術手法的超越奮戰中，擔任了主導的角色。我們不否認，政治局勢與社會變遷並非完全有利於作家發揮其所長，但比較之下，八〇年後的形勢比往昔不知好了多少倍。作家若不能把握創作的良機，任何解釋都是白費唇舌的藉口而已。我們也不否認，「餘悸」與「預悸」的說法依然存在，但在現時的大陸環境中，那種工作不存有這種隱藏式的威脅？其差異也不過是程度問題而已。

我們對於這些作品在藝術手法的成就，既不質疑亦不苛求。我們期待的是另一種層次的超越。依據前面的分析，意識流與其他藝術技巧的大量應用，對「主題先行」、「文藝從屬政治」的說法是種突破。語言敍述的革新導致毛文體的解體，作品在疏離、殘疾、性愛與生命本體四個層面的哲學化，新現實主義與後新潮主義融合了現實與理想的矛盾、注重故事的結構形式等，是

㉖ 朱大可，〈空心的文學〉，《作家》（長春：一九八八年九月號），頁七一。

種超越。但由於這些作家缺少那種大悲大苦、大恨大愛的人生經驗和廣博深厚的藝術經驗，我們只能說，他們的作品「多元取向」方面已經有所表現，尤其是在藝術手法與藝術流派的花樣翻新上，表層的超越目的達到了。但在當代中國人「精神內核」的多稜剖面提供的多向、多元的觀照角度上，表現得不盡理想。不是貧乏膚淺，就是單一重複。深層的超越仍然有待作家的努力。

古今中外的偉大小說家認爲藝術生命既是目的，也是起點。他們絕非以把玩技巧而勝人一籌。他們經歷了人生的種種酷驗，加上淵博的知識與天賦的創作才能，終能深刻瞭解人類的命運，在作品中徹底表現了人性，眞誠剖析了自我心靈，站在熟悉的社會生活高處，振臂疾呼靈魂之回歸藝術。這些將成爲作家哲學意識强化、深化的過程。作家既耽於藝術手法之美，又懍於哲學意識之責，絕不容許放棄觀察人類這個宏偉的任務。唯有深入描繪人性化過程中種種刻骨銘心的痛苦的細節，唯有洞察人之極限，並探討人處於文明劇變中之命運爲何，作家方能減輕背負罪惡之重擔，不須再忍受良心之悸動。換句話說，人在這個世界上感到的陌生與格格不入之感，人的生存的矛盾、脆弱和偶然性，以及失去了「永恆」的依靠之後，人所感到的時間的迫切的眞實感，才是眞正縈迴在小說家心頭上的永恆主題。

第七章　知識分子、婦女與農民的性格塑造

——突破與超越（下）

一、前　言

在《哈姆雷特》（*Hamlet*）第二幕第二景中，莎士比亞用下列文字來稱讚「人」：「人類是一件多麼不了得的傑作！多麼高貴的理性！多麼偉大的力量！多麼優美的儀表！多麼文雅的舉止！在行爲上多麼像一個天使！在智慧上多麼像一個天神！宇宙的精華！萬物的靈長！」❶依照這位戲劇大師的描述，人具有神的優點，沒有動物的缺點，是完美無缺的。但實際上，這種見解只是一種人文主義時期對人的美化。人的缺陷，尤其是性格方面的缺陷，更是人的致命傷。誠如

❶ William Aldis Wright, ed., *The Complete Works of William Shakespeare* (New York: Doubleday Doran & Co., Inc., 1936), p. 1053.

劉再復所言：「眞實的人性既具有人的創造性、能動性又具有人的侷限性。具有創造性、能動性，人才區別於動物；具有侷限性，人才區別於神。」❷由於人與神、動物有所區別，才能呈現出豐盈的人性美，也才能使文學作品中人的性格塑造更具眞實性。

文學作品以闡揚人性爲主，人物是藝術表現的重心，人物性格的塑造自然也成爲作家的藝術視角與藝術重心之所在。文革後的初期小說著重於文革十年間黑暗面的挖掘，對於人性的扭曲痛加抨擊與揭露。這種只尋找造成悲劇的表層原因，而不深入探討其深層原因的寫法，頗有幾分類似五四時期周作人所倡導的「人的文學」❸。嚴格地說，這只是當年新文學傳統的一種回歸而已。它突破了社會主義現實主義的「高、大、全」寫法，但算不上是種超越。眞正的超越應該是把人以及對於人的尊重作爲文學主體。唯有捨棄把人當神、當鬼來描繪刻劃這種概念，並且努力塑造鮮明性格的人物與高尚美學價值的藝術典型，才能達到超越的境界。

---

❷ 劉再復，《性格組合論》（臺北：新地，一九八八年），頁一〇五。

❸ 民國七年十二月，周作人在《新青年》雜誌上發表了一篇〈人的文學〉。他提倡「人道主義：一個個人主義的人間本位主義。」「人的文學」即是「用這人道主義爲本，對於人生諸問題，加以記錄研究的文字。」夏志清認爲，「周氏只熱心倡導於道德上能促進人類幸福的文學，和其他的中國知識分子一樣在致力於改革中國社會。最後，這種熱忱必然變爲愛國的載道思想。」參閱夏志清，《中國現代小說史》（臺北：傳記文學，一九七九年），頁五一。

檢視十多年來的重要作品，我們發現，知識分子、農夫與婦女這三種角色是當代小說家著墨最多、刻劃最鮮活、性格最突出的。雷達說：「這三種人（指知識分子、農夫與婦女）同時也是在民族生活、民族性格變化最緩慢和傳統最深固的部位。」❹因此，就人物性格塑造的超越而言，以這三種形象來做例子是十分恰當的。

二、知識分子

「五四」新文學運動後，知識分子題材的小說逐漸映現出新的自我觀照角度。身爲知識分子的作家在作品中批判知識分子，自審的意味十分濃厚。他們以强烈的時代感和歷史的眞實性爲其作品背景，刻劃知識分子在現實社會掙扎求生的悲慘經驗。作家的時代的覺醒與感時憂國的意識完全表現在「怨而怒」的作品中。

三十年代作家筆下的知識分子形象完全顯示在批評性與傾訴性。魯迅批判了〈孔乙己〉中的孔乙己、〈在酒樓上〉中的呂緯甫、〈傷逝〉中的涓生。這些知識分子的懦弱無能自然應該加以

---

❹ 雷達，〈民族靈魂的發現與重鑄——新時期文學主潮論綱〉，《文學評論》（一九八七年第一期），頁一一七。

批判，但仔細研究，魯迅並沒有放過他們背後那一片濃重的黑暗。現實環境才是塑造這些卑瑣的知識分子的主因。

知識分子與常人無異，自然具有常人的一切弊病。比魯迅稍後的作家，不再將知識分子的困境歸咎於周遭環境，而直接把他們作爲諷刺的對象。在老舍的〈離婚〉、〈趙子曰〉、《二馬》、張天翼的〈速寫三篇〉（包括〈譚先生的工作〉〈華威先生〉、〈新生〉）、葉紹鈞的《倪煥之》與〈英文教授〉這些作品中，我們看到了作家對知識分子種種缺點的無情揭露。當然，我們也不會漏掉錢鍾書的〈猫〉、〈紀念〉與〈圍城〉。沈從文的〈八駿圖〉更是對高級知識分子的虛僞作了徹底的鞭撻。他在文中對青島大學八位教授的批判是：「雖富於學識，却不曾享受過什麼人生。個個都是精神需要療養的病人，連男主角周達士教授亦是如此。」「只問病源，不開藥方。」是這個階段作品的共同特色。

眞正能自我審視、傾訴性强的作品是自傳式的小說，郁達夫的〈沉淪〉是這類作品的代表作。他的盧梭式的自白、維特式的自憐很寫實地說出了當時青年的苦悶：一方面要受舊制度、舊道德的約束，一方面還得受現實社會的煎熬，找不出眞正的出路。

中國知識分子的歷史性軟弱是衆人皆知的。一九八九年六四天安門事件，知識分子的諸般表現，便是明證。遠志明悲痛萬分地說：「在中國共產黨統治大陸的四十年中，知識分子却一次又一次被閹割，整個大陸知識界變得陽萎不堪。他們仍然還有中華民族優秀的智慧和情感，有人類的良知和理性；但却失去意志力，失去了行動的能力。他們多少有些習慣於專制下謀求個人自由的小聰明了。他們也多少有些習慣於爲謀求自由而嘲諷專制的小聰明。他們用智慧爲自己的怯懦辯護，亦卽用智慧將自己的勇敢遮掩。但當智慧赤裸裸地反觀自身時，她是那麼的痛苦和羞愧。近些年，人性開始在大陸復甦，許多知識分子壯著膽子，憑著良知，用他們的筆和口，做了許多了不起的事。但遇到大行動的時候，陽萎病又犯了。最勇敢的知識分子不見了。洗刷、規避、適可而止、明哲保身。不僅不做旗手，還千方百計洗刷自己的『黑手』之嫌。」❺這一段語重意長的批判之辭，十分生動地描繪出當代中國知識分子的眞面目。遠志明論及的知識分子的種種弊病，在現代、當代的小說中，都可找到一模一樣的典型人物。

一九四九年到文革結束之前，大陸小說是「工農兵文學」的天下，知識分子毫無出頭機會。卽使勉强讓知識分子登場，也不過是爲了襯托工農兵的偉大形象。因此，反映知識分子在充滿殘酷鬪爭的社會環境裏面，忍受精神折磨，忍受生活壓迫的悲慘境況的作品，如劉賓雁的〈在橋樑工地上〉、〈本報內部消息〉、王蒙的〈組織部新來的年輕人〉、方紀的〈來訪者〉與宗璞的〈紅豆〉，必然會慘遭圍剿、批判。

❺ 遠志明，〈黑手與旗手——反思八九民運中的大陸知識分子〉，《聯合報》（一九九〇年一月八日十版）。

文革後，隨著不同的政治階段的演進，知識分子也有不同的遭遇。在「傷痕文學」與「改革文學」裏，知識分子過著「鬼」與「神」的生活。「反思」文學中，他們才逐漸恢復爲人。而所謂的超越，應該是指文學對知識分子認識與描述的深化。換句話說，讓知識分子恢復爲人，具有常人的七情六慾，過著善惡交加、有是有非的生活。

新時期文學初期的知識分子的形象過分完美。就敍述的生活遭遇而言，知識分子可略分爲兩種。第一種過著「鬼」般的生活，如〈布禮〉（王蒙）中的鍾亦成、〈天雲山傳奇〉（魯彥周）中的羅羣、〈靈與肉〉（張賢亮）中的許靈均、〈男人的一半是女人〉（張賢亮）中的章永璘。作家寫這些主人翁如何熱愛黨與人民，如何堅定信仰，如何歷盡種種折磨。雖然經過鹹水和血水的浸泡，依然對黨、對人民、對祖國、對事業忠心耿耿、忠誠無限。童慶炳把這種長期過著苦難生活的知識分子，歸類爲「屈原模式」，因爲他們「受到了極左路線的無情打擊，歷盡坎坷與苦難，但他們哀而無怨，他們對黨的事業並未失去信心，對信仰也從未動搖，對自己所做的一切從不後悔。當然，他們也有痛苦，但這是不被理解和信任、遭到打擊和遺棄而帶來的痛苦，不是對自己弱點不滿而產生的痛苦。」❻

---

❻ 童慶炳，〈拷問自我——關於知識分子題材作品的再思考〉，《中國現代、當代文學研究》（一九八九年四月號），頁四七。

第二種「受難的聖者」除了對國家無限忠誠、對人民愛若子女外，他們對現實生活一無所求，只知奉獻，自己却默默地忍受世間罕見的貧窮與艱辛，得不到社會應有的評價與報償。〈哥德巴赫猜想〉（徐遲）中的陳景潤和〈人到中年〉（諶容）中的陸文婷都是這種類型的人。童慶炳指出，他們「爲了人民的事業超負荷運轉，奉獻了許多許多，可生活却很苦很苦，獻出的與收入的形成了鮮明的對比。但他們安貧樂道，『小車不倒只管推』。」❼像陸文婷這種爲祖國、爲人民而「勞身焦思」、「過家不敢入」的贖罪式賣命的人，都是屬於「大禹模式」類型的人。

新時期的初期作品對於上述的「屈原」與「大禹」這兩種模式的知識分子，往往「同情淹沒了審視，禮贊代替了剖析。對其處境思考多，對其自身思考少。呼救的主題之下缺少自救的啓示，甚至在極寫其美德時，讚美了種種病態的、不健全的人格。」❽這種一面倒式的刻劃只是狹窄地描繪了知識分子經歷由「鬼」變爲「神」的反撥過程而已。如何把知識分子還原爲文化制約中的「人」，並且審視和鞭辟其自身，才是文學作品的深化與超越。

從巴金《隨感錄》中的〈說眞話〉開始，作家展開自我拷問。以眞誠爲出發點，「自我審判」取代了「顧影自憐」。知識分子既然是常人，自有其怯弱與畏縮的一面。〈啊！〉（馮驥才）

---

❼ 同❻。

❽ 李新宇，〈偉大的覺悟與艱難的自省——論近幾年文學對知識分子人格特徵的藝術思考〉，《中國現代、當代文學研究》（一九八九年四月號），頁四〇。

中的吳仲義、〈鐘鼓樓〉（劉心武）中的韓一潭和〈浪漫的黑炮〉（張賢亮）中的趙信韋是較早呈現人格病態的知識分子形象。例如，吳仲義爲了自身的安全，既自私又卑鄙地出賣了哥哥嫂嫂。〈立體交叉橋〉（劉心武）中的侯銳、〈天意〉（高曉聲）中的王子意一輩子畏畏縮縮。〈同窗〉（諶容）中的吳伯堅不僅失去當年唸大學時的飛揚風采，而且似乎永遠處於自閉自虐的狀態。〈關於詹牧師的報告文學〉（史鐵生）的詹牧師是失去主見、見風轉舵的懦夫。〈獻上一束夜來香〉（諶容）中的李壽川、〈長尾巴的人〉（吳若增）的趙家有和〈推理家〉（劉振華）中的王西仲，善良正直有餘，但膽小怕事、怯懦自縛。〈白渦〉（劉恆）中的周兆路是個患得患失、瞻前顧後、欲罷不能、欲行還休的怯懦典型。另外，知識分子經常克制自己來適應與遷就環境。程乃珊的〈當我們不再年輕的時候〉、古華的〈芙蓉鎭〉、王毅的〈對照檢查五重奏〉、兪天白的〈X地帶〉、達理的〈眩惑〉刻劃了翁豪威、秦書田、卓宇、汪若舟、顧少康這類具有退縮逃避的精神惰性的知識分子。

「守舊與衞道」是作家批判知識分子形象的另一個角度。李新宇說：「中國知識分子歷來有三個堅信不移：對經典堅信不移；對傳統堅信不移；對既成的社會秩序堅信不移。唯獨缺少應有的變革意識。」❾韓瀚的〈同窗〉中的理論界老前輩秋光、柯靈路的〈夜與晝〉與〈哀與榮〉中

---

❾ 同❽，頁四二一。

的心理學家吳鳳珠、劉索拉的〈你別無選擇〉中的賈教授是這種類型中的典型人物。思想的僵化導致他們成爲知識分子中的悲劇形象。

第三類被批判的知識分子是政治依附與權力崇拜者。傳統的「學而優則仕」、爲主盡忠的觀念始終籠罩在二十世紀中國知識分子的心頭。中共政權成立後，過度地從政治層面來强調知識分子的培養和利用，增强了知識分子依附政治、崇拜權力的心態。一部分人阿諛成性、不擇手段投長官之所好，如陳源斌的〈安樂四陳〉、張宇的〈家醜〉中描繪的知識分子。一部分是生存環境不佳，爲了力爭上游，便不顧人格尊嚴，行事可鄙可嘆，如〈成功者〉（蕭建國）中的佘未立、〈哥，你像水……〉（韓冬）中的蕭洪、〈風景〉（方方）中的七哥和〈本科誰當科長〉（陳國凱）中的小彭、小丁和小張，都是對權勢、權力和利益的奴性崇拜者。

除了環境的束縛外，個人心理與性格也是知識分子自塑命運的主要因素。〈命運交響曲〉（王安憶）中的韋乃立一生恃才傲物，大話連篇，却不見行動，其命運悲劇不能全歸罪於極左路線與現實環境，性格上的缺陷才是眞正的主因。〈土壤〉（汪浙成、溫小鈺）中的三位農業大學生，在同一學校和同樣歷史環境中成長，也因性格內涵和人生態度的差異而各有不同的命運。

知識分子人格的病態既有歷史的原因也有現實的原因。因此，文學作品透過其病態人格的剖析，批判了以封建文化爲核心的傳統文化，同時也抵制了當代政治弊端。楊絳的〈洗澡〉描寫大陸淪陷後知識分子首次接受的思想改造。他們一方面要接受現實政治的「脫褲子、割尾巴」，一方面要力避靈魂騷動，在忍耐中求平衡，在內省裏求超越，充分凸顯了知識分子文化心理的原貌。王蒙的〈名醫梁有志傳奇〉刻劃的是荒誕文化環境對人的制約與個人才氣不可過分外露的謬見。主人翁梁有志後來之所以成功是因爲他讀醫書、練氣功、打麻將、不務正業。〈馬車〉（陳世旭）中的公伯騫、范正宇、姚長安與蕭牧夫四位老中青大學教師，雖然人生道路不同、遭遇不同，但四人都肩負傳統重擔，徘徊於歷史陰影中，造成其人格殘缺、主體力量貧弱。藉范、姚、蕭三人爭取升等，作者無情地揭去學者溫良恭儉讓的面具，暴露出靈魂中卑瑣病態的一面。至於〈繼續操練〉（李曉）中的王教授獨呑學生四眼的論文、李教授爲了與王爭系主任，唆使四眼與王翻臉，又利用當記者的學生黃魚，把王打倒在地；〈語言的代價〉（陳世旭）中的老師以師道壓力，無視學生價值甚至個人尊嚴，都證明學術之爭隱藏着政治與倫理因素。這些人追求精神與心靈的自由解放，最後還是屈服於殘酷的現實環境。

知識分子對知識分子的嚴峻批評，表現了知識分子的超越性。最值得稱許喝采的是作品的主人翁的自我懺悔。雖然馮驥才認爲中國人缺乏懺悔意識⑩，但在作品中，依然可找出不少例子。作家讓故事中的主人翁不斷地批評與否定自己，設法經由懺悔求得精神的安慰與解脫。這種反映

⑩ 施叔青，〈上帝是唯一的讀者——馮驥才的怪世奇談〉，《對談錄——面對當代大陸文學心靈》（臺北：時報文化，一九八九年），頁二〇七。

主人翁對自身弱點的懺悔，其目的在於感染更多的人能達到自我觀照、自我認識，更趨向於人的自我完美。〈蝴蝶〉（王蒙）是有知識分子身分的高幹張思遠一生浮浮沉沉的懺悔錄。在不同的生命階段中，三位性格不同的女性的闖入，編織成張思遠逐漸成熟的經過。張賢亮筆下的章永璘（《綠化樹》）「在淸水裏泡三次，在血水裏浴三次，在鹹水裏煮三次」。他的懺悔是在苦難的煉獄與靈與肉的衝撞下進行着。張的另一篇小說〈土牢情話〉中的石在自稱爲苟活者。他個性卑怯軟弱。他爲他出賣女友喬安萍的行爲而進行對靈魂的嚴酷拷問，對自己人格的喪失與卑鄙的行爲表示懺悔。他發自內心的祈禱與懺悔，反映了作家本人對生活深邃的思考。《古船》（張煒）中的抱樸也是滿懷懺悔感的人物。他以家庭歷史與社會現實兩個層次來進行靈魂自我拷問。羅强烈指出，「他（抱樸）正是從一種『原罪的懺悔』擴展到對『人類的感悟』。」⓫對傳統文化的批判僅限於表相、對西方文化的接受又止於皮相的倪吾誠（王蒙〈活動變人形〉）的心路歷程是非常深刻的自我懺悔的悲劇性歷程。他在依然是食人的世界中承受靈魂煎熬的同時，不斷自食着。張抗抗的《隱形伴侶》對人內心世界的奧秘進行了更深層次的發掘。女主人翁蕭瀟追求「隱形」的眞實，用眞實的我擊敗虛僞的我。她的自審意識，是對人的精神主體的透視，是對人性的二重

⓫ 羅强烈，〈思想的雕像：論《古船》的主題結構〉，《文學評論》（北京，一九八八年第一期），頁一八～一九。

性的剖析。

知識分子的形象在作品中自我拷問，無論是批判知識分子的怯弱畏縮、守舊衞道、崇拜權勢、病態人格或自我懺悔，都代表了在倫理、道德、政治與文化層面上的超越。

三、婦　女

「五四」運動後，女性形象在作家筆下的變遷速度十分緩慢。整個中國社會正處於急速轉形中，但佔了二分之一人口的女性仍然徘徊於煉獄邊緣。男作家魯迅、沈從文、巴金、茅盾的作品中，不是論及鄉村女性在傳統社會中的悲慘命運或地位的些微提昇，就是都市女性離家出走或加入革命行列⑫。女性作家則逐漸意識到「婦女解放」與「婚姻自主」的時代意義，表現自我也成爲作品的主要題材，但依舊脫離不了對愛情婚姻與個性解放的嚮往，如冰心、凌淑華、廬隱的作品⑬，儘管作品中的女主人翁已經從尋找男人的過程中，發現了自己的尊嚴與價值。

⑫ 如魯迅〈祝福〉中的祥林嫂、沈從文〈蕭蕭〉中的蕭蕭、巴金〈滅亡〉中的李靜淑、茅盾〈虹〉中的梅女士。

⑬ 如冰心〈我的房東〉中的R小姐、凌淑華〈綉枕〉中的大小姐、廬隱〈海濱故人〉中的五個女郎。參閱朱衞國編，《中國女性作家婚戀小說選》（北京：作家，一九八八年）。

其後，丁玲的〈莎菲女士的日記〉中的莎菲具有濃厚的叛逆色彩。她對追求「靈肉」合一的愛情的失望發出絕叫。羅淑的〈生人妻〉勾勒出一位在貧苦生活環境中婦女的悲慘遭遇。張愛玲的〈傾城之戀〉中的流蘇用一座城市的毀滅才勉強換來花花公子柳原的庸俗愛情。她的蒼涼無奈的聲音證明了現代女性徘徊於遵循傳統與追求現代的兩難處境。

以上面的幾個例子來看，男女作家筆下的婦女形象不盡相同。我們無法得知，作家在動筆之前，是否有所謂的「性別歧視」(sex discrimination)與「自憐心態」(self-pitying mood)。但仔細觀察，兩性作家細心描述的婦女角色，似乎在有意無意之間呈現出某種程度上的差異。這或許是潛意識中傳統壓力所促成的⓮。這種壓力一直延續到文革結束後。

在文革結束後的初期小說中，男性作家筆下的婦女依然扮演與傳統中沒有兩樣的悲劇角色。她們之中，有一些永遠附屬於男性，只知奉獻，例如〈風雪茫茫〉(牛震寰)中的鎖娃的娘、〈女兒橋〉(李劍)中的杜若美、〈網〉(竹林)中的阿結實、〈狗日的糧食〉(劉恆)中的曹杏花。這些女性在大饑荒的年代，不是賣身，就是捨命。李銳的〈青石澗〉與〈眼石〉中的女主人翁依然在封建文化的籠罩下，擔任供男人發洩情慾的角色。〈眼石〉中妻子受辱的莊稼漢以同

⓮ 關於左右中國婦女命運的四個傳統觀念(即傳宗接代、三從四德、男外女內、片面貞操)，參閱呂秀蓮，《新女性主義》(臺北：拓荒者，一九七七年)，頁三三～四二。

樣方式羞辱了對方的妻子而洩了心中之恨。這種男人間的公平都是女人人格的喪失來維繫的。類似這類以佔有女性的方式來滿足報復慾望的例子俯拾卽是。這些婦女永遠難以掙脫兩種不斷重複的命運：被人玩弄始亂終棄或貧賤終生。

〈邢老漢和狗的故事〉（張賢亮）中的女乞丐、〈假婚〉（李銳）中的女子與〈靈與肉〉（張賢亮）中的秀芝也是饑荒中的犧牲品，却因遭遇的男性不同，各有不同的命運與結局。女乞丐與秀芝面對善良的男性，她們獲得尊重。〈假婚〉中的女子仍然是賣身換取溫飽的角色，無法得到異性的憐惜。

第三種類型的女性是屬於意志堅強型的。她們始終支撐着在政治運動中受寃的丈夫或受難的愛人，如〈布禮〉（王蒙）中的凌雪、〈天雲山傳奇〉（魯彥周）的馮晴嵐。《綠化樹》（張賢亮）中的馬纓花、《鹿回頭》（從維熙）中的李翠翠和蔡桂鳳。她們除了有堅强的意志外，也表現得比較有個性，比較能從自身問題做考量。但這些作品的作者似乎十分崇拜傳統的婦德。他們賦予女主人翁的雖然不是純粹從情感的追求着手，但却有濃厚的「尋找男人」的意義。卽使在大都市成長、受過高等教育的現代女性，由於個性軟弱，在「尋找男人」過程中，也無法掙脫傳統的婆媳對立狀態與周遭三姑六婆閒言閒語的莫名壓力，例如陸文夫的〈井〉中的徐麗莎，有現代科技知識，然而在四周濃烈的傳統文化籠罩下，却成爲一個有知識的祥林嫂。這些故事似乎說明了部分男性作家有追懷往日男性威權的傾向。

當然，在男性作家的筆下依然湧出無數令人讚頌的婦女形象。她們以柔韌或剛毅的力量，對抗生活爲她們安排的苦難命運。莫言的〈紅高粱家族〉中的奶奶爲自己的幸福而工於心計，二奶奶爲愛情不計榮辱，以及她後來怒憤衝天的「奇死」，都顯示她們不同於一般女子。〈紅蝗〉中的四老奶媽，掛着破鞋騎在驢背上，嚴辭怒罵食草家族中虛僞成性的男性尊長們。張煒的《古船》中的茴子是一個具有凜然尊嚴和驚人意志的女性。她發現無法再保護家庭利益、維持自己尊嚴時，她便決定服毒自焚。李曉的〈海內天涯〉中的圓圓處處維護心愛的小牛鬼。但結婚後，却被同是「女强人」的小牛鬼媽媽所嫌棄。她被迫離婚，但拒絕婆婆二十萬港幣的施捨。楊咏鳴的〈甜的鐵、腥的鐵〉中的「她」在艱苦的工作環境中力爭上游。她對工作的狂熱與全力投入益發襯托出她丈夫的懦弱。這些女主人翁的故事，除了淡化「尋找男人」的意義外，還有强烈的「雄化」意味。她們的男人不但沒有提供一個避風的安全港，反而需要她們挺身來爲他們避風遮雨。再如前面提到的那些命運乖謬的女性（如凌雪、馮曉嵐、馬纓花、秀芝、李翠翠、蔡桂鳳等），她們與命運力爭，不肯屈服的描述，也充分顯示出女性角色在中國傳統社會中的强勢轉變。

女性作家以感性的筆觸，細膩地勾勒出近半世紀中國女性的艱苦的心路歷程，自然有較大的說服力與可信度。李以建指出，女性作家「首先有意識地將女性從男性中心社會裏剝離出來，剖析女性的深層認識，觀照自身，女性對自身有了更淸醒的認識。其次，認識到要求得到自立和解放，首先必須爭得經驗的獨立和社會的變革，女性應享有與男性同等的權利地位。」⑮這種說法在理論邏輯上站得住脚，但實際作品描述的女性形象仍然掙扎於生活的痛苦邊緣。問彬的〈心祭〉中的母親一輩子生活在沒有地位的深淵中，連自己親生的兒女都無法諒解她的苦衷、她的卑微心願——找個老伴；航鷹的〈前妻〉中善良純樸的農婦，悲苦的一生呈現出强烈的自我非人感；〈閏七月〉（鐵凝）中的女主人翁，「在封建塵垢深厚的角落裏，……欲喊無聲、欲哭無淚地徘徊在光明與黑暗之間。」⑯

儘管有無數的女性日日得面對無窮無盡的酷驗，但小說作品中依然會凸顯出一兩位令男人汗顏的女性角色。彭小連在〈在我的背上〉中，塑造了一位無比堅强的女性。這位母親生命中迸發出的光輝，完全遮住了男性的優越感。丈夫是「反革命」分子。她一個人拖着六個孩子在扭曲的生命軌道上艱辛地爬行着。「她忘了，人還能抱怨，還能享受，還能笑，她全忘了。……這位『反革命家屬』從來不多說什麼，穿過黑暗的唯一辦法，就是沉默。……媽媽總是兩眼看着地面走路，從不擡起眼睛。不知是否有明文規定了這樣，還是自己把這種行爲當作一種宣言。迴避一

⑮ 李以建，〈女性的追求：二十世紀中國女性文學縱觀〉，朱衞國編，《中國女性作家婚戀小說選》，頁八〇五～八〇六。

⑯ 同⑮，頁八〇三。

切，她的腰老是挺得直直的，於是目標很醒目，我們從來不會茫然了。而她却因此常常被黑暗中扔來的亂七八糟的東西打中。」她始終堅持她丈夫是淸白的。即使丈夫死了，她依然不顧一切要爲他平反，證明他的無辜。倔强執着的個性，表現了一位生活在傳統與現代之間的偉大女性的一生。

論突破傳統，女性必須先設法掙脫情感的漩渦。如果她們還陷在「尋找男人」的陷阱中，她們除了要與外界的封建保守勢力抗爭外，還得以一半的精力與自己搏鬪，因爲自己往往是最大的敵人。但强調不再深陷情感沼澤中，並不意味女性不需要情感的撫慰。她們執着的是「女人不是性是『人』」爲命題來尋找自我，追求的是女性作爲人在更高層次上權力和人格的平等自由。我們在張辛欣的〈在同一地平線上〉與〈最後的停泊地〉、張潔的〈愛，是不能忘記的〉與〈方舟〉、程乃珊的〈女兒經〉、張抗抗的〈北極光〉和諶容的〈人到中年〉中，看到女主人翁不但要求與男性站在「同一地平線上，與男人一齊拼鬪，而且力爭那種平等的、認眞投入的愛，和對理想永不屈服的追求。」「尋找男人」有了更深一層的意義。誠如魏維所言：「尋找的本就不是男人，而是可以在男人身上得到反射的女人自身。男人，在女人尋找自己的位置和生存方式的時候，充其量只是一面鏡子。」[17]這種疊印在男人形象中的自我的「尋找」意識，具有鮮明、强烈

[17] 魏維，〈在煉獄的出口處——論當前女性文學的理性超越〉，《中國現代、當代文學研究》（一九八九年六月號），頁八三。

的現代色彩。她們著重的自我存在與事業上的奮鬥，並以此去調節和換取心靈的自由躍動。

女性意識的强調使女權思想更爲高漲。女性作家的小說中越來越多的「女强人」，使男性成爲懦弱無能的受照顧者。在〈流逝〉（王安憶）中的端麗、〈冬之旅〉（黃蓓佳）的卉、〈呵，青鳥〉（陸星兒）中的榕榕和〈北國紅豆也相思〉（喬雪竹）的曉芝面前，男性成爲弱者。作家透過這些女性及其家庭的境況、遭遇的如實描寫，透過對環繞着她們的社會矛盾和家庭矛盾的深刻揭示，透過對人物內心情愫的動人抒發，栩栩如生地刻劃出她們勇敢面對現實生活的考驗，以積極的態度來迎接人生。

描繪現代女性擺脫對男人的依賴，以獨立、自尊、自信的態度來審視自己，追求自己所鍾愛的生活，是婦女形象從突破到超越的另一層次。豐富踏實的「自我」世界是這些角色追求的最終目的。〈沒有鈕扣的紅襯衫〉（鐵凝）中的安然以自信獨特的方式應付四周的無理壓力，並以時髦的紅襯衫顯露自己的個性。作者用個性與社會環境的不和諧來肯定個性的價值、人性美的追求。〈你不可以改變我〉（劉西鴻）中的孔令凱具有强烈的自主意識，誰也改變不了她從事模特兒工作的心願。同一篇小說中的「我」也是一個出色的女性。魏維說：「『我』代表凌駕於性別之上的一代青年的觀念潛移。作爲性別意義上的女人，『我』已經完全能夠駕馭自己，冷靜地觀照自己，成熟地尋找自己。」⑱她們不再僅僅滿足於對理想愛情的憧憬與追尋，她們明顯地轉向

⑱ 同⑰，頁八四。

尋找女性「自我」，追求女性爲社會所承認的「社會人」的價值。

　　最大的超越就是這種能超越性別的女性所展露的。她們與男性站在平等的地平線上，對社會歷史、民族文化與社會改革作出多方位的思索。〈黑森林〉（劉西鴻）中的惟美很客觀地把哥哥失敗的婚姻放到世態人情的大背景去思考，沒有一味歸罪於堅持離婚的嫂嫂阿媛。惟美克服個人情感的偏激而冷靜理智地待人處事；阿媛清醒又瀟灑地從事自己的追求。這兩個形象呈現出凌駕個人情感之上的理性超越。另外，鐵凝的〈麥秸垛〉、〈玫瑰門〉、劉索拉的〈藍天綠海〉與〈尋找歌王〉中的女主人翁也是力求從思索人的本質、生存與生活方式的角度來超越自身。《隱形伴侶》（張抗抗）中的蕭瀟努力嘗試找出在人的理性意識的良知、道德、人格等背後，隱藏着一個干擾自己行動的隱蔽的「自我」。

　　在靈與肉的爭鬪與抉擇中，再也沒有其他的作品比王安憶的「三戀」更出色了。她在〈小城之戀〉、〈荒山之戀〉和〈錦繡谷之戀〉裏，不但用大膽的手法表現了人的，尤其是女性的感性的生命衝動，而且讓讀者在情慾的低層世界裏，瞥視到一個較高層次的人性領域。〈小城之戀〉中的男女主人翁的情慾糾葛完全建立在非理性控制的原慾基礎上。他們互相吸引又互相憎惡。他們不瞭解情與慾的差別，處於一種無法自拔又深爲恐懼的心理狀態中。他們爭吵撕咬，企圖減輕心中的罪惡感，然而又無法壓制原慾衝動，兩人又緊密結合在一起。〈荒山之戀〉中懦弱的大提琴手雖然有妻有女，但生活上依然感覺有缺陷。下放到文化宮時，他克制不了有夫之婦的女同事的誘惑，發生了婚外情。從此，兩人陷入兩難情境。男的雖然熱愛對方，但依然深愛對他一片眞情的妻子；女的丈夫也不願放棄妻子。這對婚外戀人最後只得走上絕路，擁抱涅槃原則（Nirvana principle）——把愛和死合而爲一。〈錦繡谷之戀〉中對愛情仍有幻想的已婚女編輯，在廬山筆會上結識一位已婚的男作家。兩人在風景秀麗的環境中，譜出「第二春」般的戀情。但雙方均受制於傳統社會道德的約束，不敢逾越本分。會議結束，兩人的感情成爲美好的回憶，回到日常生活的軌道，別無選擇，繼續緩步慢行。這三位女性感情豐富，超越了狹窄而膽怯的情感小天地，感覺上雖然是吃苦、卑賤、孤寂，但在人性上早已超越男性。這種超越表現在三位女性濃烈情感的結局：一位由於母愛而得到昇華，一位由於失望而走向犧牲，一位則永遠把希望深藏在心裏。

根據上面的分析，我們發現，婦女角色的超越已是無法否認的事實。男性作家用比較間接的筆法，委婉地默認了此一事實。女性作家則試圖揚棄歷史的傳統負擔，全方位地宣揚「女人是人」這個事實。至於男女作家對於女性形象刻劃的取材與角度的不同，任一鳴的說法可供我們參考。他說：「前者（男作家）善於挖掘隱藏在愛情、婚姻問題中的歷史成因，善於以社會風雲變幻的歷史觀點去觀察女性的命運。後者（女作家）注重通過愛情婚姻觀念的變化來考察嚴肅的社會問題，長於從女性形象的情感歷程來表現女性的命運，並由此折射歷史的演進；前者立足於審視過去聯結現實的路，後者立足於尋覓現實通向未來的路；前者多把藝術形象作爲再現某種歷史形態或前進或後退的『載體』，後者多把藝術形象作爲自我經歷、遭際和情感的『借體』。」

⑲男女作家對於女性形象刻劃素材的取捨與觀察角度的差異，終於導致雙方作品中的社會意義有了某種程度上的出入。畢竟，兩性對事物、人物的反應不會完全相同。傳統的文化包袱也是造成這種差異的另一個不可忽略的因素。

四、農　民

「五四」以後的新文學小說作品中，有許多篇幅用來描繪廣大農民在農業社會面臨崩潰時的悲慘命運。我們試以魯迅與茅盾的作品來加以說明。他們兩人對農村生活的悲苦體會最深，作品也最能體現農民的心態。魯迅的〈阿Q正傳〉、〈祝福〉與〈故鄉〉深刻描寫了在封建勢力折磨下的中國農民，在精神上長期飽受損害的中國農民那種使人悲憐又使人憤恨的性格典型。茅盾的〈春蠶〉、〈秋收〉與〈殘冬〉反映了在經濟破產中的中國農村的日趨蕭條的景象和農民的可悲命運，同時也表現他們樸素的理想和朦朧的反抗意志的滋長⑳。

一九四九年，中共奪權成功，在廣大農村開始實施土地改革。一九五五年推行農業合作化，

---

⑲　任一鳴，〈女性文學的現代性衍進〉，《小說評論》（西安，一九八八年三月號），頁一八。

⑳　林曼叔、海楓、程海合著，《中國當代文學史稿》（巴黎第七大學東亞出版中心，一九七八年），頁八六～八七。

一九五八年建立人民公社，一九六六年爆發文化大革命等重大政治運動，使中國農村社會起了天翻地覆的變化。現實主義的作品强調反映現實，最遼闊的農村社會生活的種種巨大變遷自然是現實主義創作最富饒的土壤。一九四八年間，丁玲的《太陽照在桑乾河上》與周立波的《暴風驟雨》已經充分反映了農民的土地要求，也反映了農村社會在階級分化以後的殘酷鬥爭，徹底地破壞原來農村社會秩序，產生了根本變化。這兩本長篇小說在某些方面確實反映了當時農村的眞實面貌，同時在藝術方面也具有相當的價値㉑。但等到趙樹理的農民題材小說（如〈小二黑結婚〉、〈三里灣〉）出現後，作家對於農村社會的描繪只有一個固定僵化的政治模式。劉再復對於這點提出一針見血的看法，他說：「……這種模式，就是在一定的階級鬥爭背景下，政策向着落後的農村推行。在推行的過程中，革命與反革命、地主階級和農民階級，先進與落後展開搏鬥，最後是政策獲得勝利，革命事業得到發展。」㉒這種以兩個階級（農民與地主）、兩條道路（社會主義與資本主義）、兩條路線（革命路線與修正主義路線）的黑白分明、善惡判然的鬥爭爲主題的農村小說，恰好是圖解式作品的最好寫照，自然會落入單一化、臉譜化、模式化與非人化的困境。

㉑ 參閱夏志淸，《中國現代小說史》，頁四八二～四八八、五一七。
㉒ 劉再復，〈近十年的中國文學精神和文學道路〉，《人民文學》（一九八八年第二期），頁一二四。

文革後的農村小說一開始就是重大的突破。幾乎可以說，突破與超越同時進行。時空觀念的突破、集體意識的解除、自我意識的擡頭與文化心態的確立都是造成這類小說的超越的條件。在熟悉農村變遷與傳統文化、關懷農民實際生活的老中青作家筆下，農民不再是頭頂靈光環的聖者或百戰百勝的超人。還原爲常人的農民，自然與凡夫俗子一樣具有七情六慾，一樣得面對種種疏離的困境，一樣得必須調適與周圍環境的關係，也一樣盼望在自我意識或文化層次上有所超越。

長期以來，中國農民一直生活在一個與外界幾乎完全隔絕的封閉社會裏。結果，他們同時擁有濃厚的傳統倫理道德與思想遲滯、愚鈍保守的偏狹思想，使得農村文化基本上體現和延續了中國傳統文化的精粹與糟粕。面臨生活困境時，農民如何在傳統美德與偏狹思想衝擊之下，來自我審視，進一步超越這雙層枷鎖，展現眞正的人性，成爲許多小說創作的主題。〈李順大造屋〉（高曉聲）中的李順大歷盡艱辛，終於達成造屋的心願。他展現了積極進取而又嚴重遭受扭曲的心態，也同時顯露他的自我審視——他一直以他做了腐蝕別人的事而內疚。長年累月飽受飢餓威脅的陳奐生（高曉聲〈漏斗戶主〉）在適當的時機也做出「阿Q精神勝利法」的動作。對於別人利用他與書記吳楚的關係而要他擔任採購員一事，他也深感不安。〈剪輯錯了的故事〉（茹志鵑）中的老壽是個無法適應起了變化的時空的悲劇人物。他對革命起了疑問。他懷念往昔幹部和老百姓之間的實心實意的情分。高曉聲另一篇小說〈錢包〉中的黃順泉，對自己是否有「根基」的懷疑，體現了長期爲奴的自綏感。他在河中摸到錢包又不敢聲張。矛盾與猶豫的心思與等待，終於使他變成瘋子。造成李順大、陳奐生、老壽、黃順泉這類悲劇是他們自身的弱點：天性逆來順受、忍從愚從愚忠、木然自譴。他們沒有體會到社會的變遷，依然耐心的等待着。這種歷史惰力的耐性建立在幻想的追求上，但幻想多半會破滅。追踪釀成悲劇的傳統文化意識根源是種超越。

李順大、陳奐生、老壽、黃順泉都是奴性頗重的弱者。但强者也無法事事順利。生活軌道上的障礙隨着時空的轉化，有增無減。類似《人生》（路遠）中的高加林、《老井》（鄭義）的孫旺泉、《浮躁》（賈平凹）中的金狗是離開農村又回歸農村的强者。他們始終無法擺脫傳統意識的枷鎖。他們「復歸」的主要目的在於掙脫傳統文化心理對自己、對家鄉人們的束縛，但悲壯的犧牲似乎是條命中註定的不歸路。他們與自己的衝突和與女友之間的衝突在在凸顯了從「自立」到「自爲」的艱難，也展現了要超越改革者形象塑造的不易。

暴露農民的貪婪、狡猾、懶惰、頑固、思想怪異等個性的缺失，並非在於「醜化」農民形象。這些缺失本是人的弱點。以高遠深刻的方式來觀照這些弱點，其目的還是在於挖掘深層意義，强調其超越性。〈買賣〉（高曉聲）中的王錫平是個「凡是普通人的普通的優點和弱點都具備」的農人。爲了省錢，他花了整個除夕的下午與賣主鬥智。最後使了小聰明，終於以二元六買了一對野鷄，但却賠上整個下午，耽誤了返家祭祖過年。〈拂曉前的葬禮〉（王兆軍）中的田家祥從艱苦中一步一步往上爬。他身上凝聚着中國農民所特有的那種堅韌固執、機智狡黠和猜忌專横的傳統文化素質。他深沉難測，連最好的戰友呂鋒也對他的所作所爲感到心寒：「在他沒有權力時，就希望所有的人都爲此大喊大叫；當他有了權力時，就希望大家都忘掉法。」權力使人腐敗，他的貪婪貪色與濫用權勢終於導致他的作法自斃。〈白狗鞦韆架〉（莫言）中瞎了一眼的農婦要求幼年好友幫他生個健全的孩子，使人憐憫與訝異。我們如果只知同情她的怪異想法，就是沒有充分瞭解這篇作品的眞正隱義。王德威的評語點出它的超越性。他說：「農婦的盲，其夫及子的啞，不僅是揮之不去的形體標記，也正暗示階級背景的差距，何曾在無產階級社會中泯除？」㉓在李銳的小說集《厚土》中，我們看到無數在現實苦難中掙扎的農人，如何以各種奇特的方式卑微地過着生活。無知、頑固、懦弱是他們的致命傷，但司馬中原却從另一個角度來讀這些作品。他說：「（李銳的小說）顯示出原始樸質的人們那種淒美的靈魂，他們彷彿亘古以來未曾變動過。文化的保守與蘊蓄，原始無知中人性原有的仁厚與善良，在不同的生活場景中，深度的流露出來。」㉔

有人批評多數有關農民生活的作品並非出自農家子弟手中，但外來者以超然的態度、特殊的角度來觀照，同樣可以很生動地描述農村的眞相。知青在廣大的農村接受過嚴肅的靈魂鑄造後，重返城市，回憶往事，除了追憶當年的獻身精神，對親眼目睹的一切也給予主觀性的評價。有些

㉓ 王德威，〈畸人行——當代大陸小說的衆生「怪」相〉，《衆聲喧嘩》（臺北：遠流，一九八八年），頁二一三。

㉔ 司馬中原，〈共負重軛——簡評李銳的《厚土》〉，《中國時報》（一九八九年十月二日）。

知青以不帶情感的眼光觀照農民的生存狀況，然後又以冷靜得近乎殘酷的寫實手法將眞相筆錄下來。有些在其作品中，對於農民中的愚昧與陋習，常常流露出耐心與寬容。他們從芸芸衆生的忙碌中也觸摸到各種人生眞諦。說得更確切些，在那些木訥樸實的人物中間把握住眞正的人生，這對於這一代人當初的幼稚、狂熱與書生意氣，未嘗不是一種無形而又切實的矯正。對於〈我的遙遠的清平灣〉（史鐵生）中的破光漢、〈樹王〉（阿城）中的蕭疙瘩、〈私刑〉（朱曉平）中的金斗和〈麥客〉（邵振國）中的吳河東而言，生活是一串艱苦曲折、挫折不斷的鐵鍊。這些老實的農民，由於物質上的貧乏，造成了他們精神上的貧困，也導致了他們人格上的卑微，但他們依舊堅持其憨厚本性，有所奮爭，有所不取。這些人表露的人性善的一面，都給知青留下極爲深刻的印象。〈塔鋪〉（劉震雲）與〈麥客〉中父子之情的感人描述，也是傳統美德的延續。

還有一點我們也不能忽略。由於中國歷代兵源主要來自農村，因此，部分軍人心理不可能掙脫農民文化傳統的籠罩。質言之，中國軍人的心理是中國農民心理的折光。朱向前說：「他們（農民）即使穿上了軍裝，心地裏都依然種着一縷洋溢着小農意識的溫情脈脈的夢想。他們表面上可能儼然一個十足的現代軍人，骨子裏却更可能接近一個道地的傳統農夫。」㉕這種特殊的結

㉕ 朱向前，〈尋找「合點」：新時期兩類青年軍旅作家的互參觀照〉，《文學評論》（一九八八年第一期），頁三六。

合更加強了他們受到農村文化制約的榮辱觀。〈秋的旅程〉（尤鳳偉）中的招兒的爹始終不相信招兒死於不名譽的事件中，決心變賣愛牛換取旅費，爲兒子討回公道。〈新兵連〉（劉震雲）中的李上進、「老肥」、「元首」與王滴等人爲了入黨或成爲「骨幹」，便內鬥不休，最後釀成悲劇。這都是傳統中奇特的榮辱觀造成的。

對於傳統倫理法則的批判與超越也是有關農民的小說的另一個主題。〈選賊〉（李銳）中的村民選出隊長是賊，隊長火大了，一甩手走了。村民在開心一場後，竟又惶恐一場，擔心沒人出面，年底的救濟糧款弄不回來。〈看山〉（李銳）中的老牛倌無意中看見隊長的婆姨上茅廁，有種阿Q的報復心理，但隨卽而來的也是惶恐。李慶西指出，這種「報復」之後出現的惶恐的自我壓抑的反應，是一種集體無意識的防衛機制。它暗示着「國民性」一詞所涵納的某種內化的文化困境。其中包含着古老而又殘酷的倫理、道德和價值原則㉖。

農村中兩代之間的衝突與矛盾泰半來自外在環境的衝擊。〈水東流〉（高曉聲）中一家之主的劉與大與女兒淑珍之間的矛盾，反映了沒落小生產者的保守性與現代化的過程之間的矛盾。年輕的一輩如賈平凹〈小月前本〉中的門門、〈鷄窩洼的人家〉中的禾禾、〈臘月、正月〉中的王才、〈古堡〉中的老大、王兆軍〈拂曉前的葬禮〉中的田永順等人，他們不再安份，價値觀起了

㉖　李慶西，〈古老大地的沉默——漫說《厚土》〉，《文學評論》（一九八七年第六期），頁五一。

重大的變化。他們對土地不再景仰。對祖宗的遺訓抱有漫不經心的蔑視心態。他們對自給自足自封閉的生產方式施以徹底性如撞牆一般的突破與衝擊。他們已經成爲眼界寬廣、信息靈通、善於經營、生財有道、能夠活躍和開拓農村經濟的强者。這些農村變革牽連到人的價值觀和道德觀的變化。揚棄傳統的生存方式，不再痴心等待變化，而極力尋求另一種取代方式，這是一種突破，也是一種超越。

對於長期封閉的農村社會來說，突破本來不是一件易事，但在現代訊息傳播極爲發達的時代，只要封閉之大門開了點縫，便無法抵擋住外來的衝擊。在消極破壞的突破之後，緊跟而來的自然是積極建設的超越了。

五、結語

心理學家榮格（Carl Gustav Jung）在〈現代靈魂的自我拯救〉一文中說：「人類最大的敵人不在於飢荒、地震、病菌或癌症，而是在於人類自身……」這些話是文革後大陸小說中知識分子、婦女與農夫三種角色的刻劃的最佳註脚。這些作品不再盲目讚美這三類角色的犧牲奉獻，也不再刻意避開他們的弱點。這三類角色俱是凡人，自然持有凡人的種種缺點。

知識分子一向是中共當權者壓制的對象。惡劣的周遭環境使知識分子喪失了他們在社會中的傳統優勢地位。但也由於環境的重大變遷才使得知識分子有自我反省的機會與時間。知識分子終於深刻地體會到自己的懦弱與無能，從而嘗試以自我拷問的方式來尋求再生。因此，小說作品中暴露了知識分子如何審視與鞭辟自身，來爲自己重新定位。知識分子的怯弱與畏縮、守舊與衞道、政治依附與權力崇拜，均逃不過作家的生花妙筆。傳統文化的包袱與當代政治的弊端合而爲一，塑造了知識分子的病態人格。透過作品中主人公的自我懺悔，身爲知識分子的作家表現知識分子的超越性。

男女作家筆下的婦女形象雖然不盡相同，但無可否認的是，傳宗接代、三從四德、男外女內、片面貞操這些傳統觀念，已經逐漸在作品中消失。即使有的話，也是帶着批判的態度。她們不再是社會的弱者，「尋找男人」也不再是她們一生中唯一追求嚮往的目標。婦女不再畏懼家庭內外的壓力，承擔起現實社會的重重酷驗，女權思想自然隨着日益高漲。現代女性不再依賴男性，且能以獨立、自尊、自信的態度來審視自己，追求自己所鍾愛的生活。然後，她們又更進一步與男性站在完全平等的地平線上，參與社會歷史、民族文化與社會改革的思索。婦女憑着自己的努力，終於超越了自我。

在文革後的小說中，農民已完全失去「工農兵文學」時代的光彩。他們不再是戰無不克的勇者。現實生活中的種種障礙迫使他們還原爲常人。他們日日爲開門七件事發愁。他們逆來順受、忍從愚從愚忠、木然自譴，充分展現了農業社會悲哀一面。另外，作家更以高超的手法來觀照農民的貪婪、狡猾、懶惰、頑固等個性方面的缺失，同時也展現了他們的仁厚與善良，充分地揭露了農民的七情六慾。使評論者與讀者更爲吃驚的是，年青的一代不再像他們的長輩，痴心等待變化，而努力追尋另一種取代的方式，來突破現狀，完成自我超越。

依據上面的剖析，我們發現，知識分子、婦女與農夫這三種形象的性格塑造，在八五年後的小說作品裏，不但是「五四」文學精神的再現，而且已經完全邁出文革十年悲慘歷史的陰影。這些作品的主人翁不再一味地呼寃吶喊。藉着文化意識與自我意識的提昇，他們觀照自身、作徹底的自我拷問。他們終於覺悟到，人類的無限苦難完全是人類自己造成的。苦難帶來的種種折磨是種嚴苛殘忍的考驗，能通過這些考驗，自然能超越自我。

第八章　結　論

一、訊息與技巧的轉化

在《水滸傳》的楔子裏，我們讀到，受命前往龍虎山去宣請張眞人赴京祈禳瘟疫的洪太尉，執意闖入伏魔之殿，堅持放倒石碣，扛起石板，結果一道黑氣直沖半天，一百零八個魔君出世，從此人間不得安寧。在希臘神話裏，我們也讀到，潘朵拉（Pandora）不顧禁忌，好奇地打開宙斯（Zeus）贈給她丈夫埃比米修斯（Epimetheus）的盒子，各種惡習、疾病和災禍便立即從裏面飛散開來。她發現自己闖了大禍，急忙蓋上盒子，但裏邊只剩下「希望」。從此人類便不斷遭受這些災難的折磨。我們一方面在回憶東西文學裏這兩則故事，一方面閱讀着新時期文學中的小說時，我們所關心的不是誰打開盒子，誰扛起了石板。我們想確知的是，人類在瀰漫天災人禍的塵世裏如何求生，如何戰勝自己，找到眞正的自我。世人皆知，「烏托邦」（Utopia）是個遠不可及的理想，所謂的「天堂」(paradise) 永遠是虛幻的感覺。何況「烏托邦」與「天堂」的追尋只是塵世苦難的外在來源而已，世人的主要苦難還是來自內心。換句話說，人的生存狀態就是塵世苦難的根源。人生本來就是一連串痛苦的過程，中途容有歡樂，也是點綴而已。人生的痛苦有如神話故事裏的薛西弗斯 (Sisyphus) 推石上山一般，永遠帶着一種無可奈何的悲哀情緒。但生命的價值畢竟不在於對石頭不斷湧下來的悲哀上，而在於不斷把石頭推上去的執着堅靱上。偉大的文學作品所頌揚的也就是人的這種執着堅靱、永不認輸的精神。檢視新時期的小說作品，我們找到了無數的薛西弗斯。他們肯定人生。雖然塵世的路途坎坷難行，他們依然堅信人生是充滿希望的。他們雖經歷苦難的歷程，仍然具備吞吐痛苦的雍容氣度、見怪不驚的豁達寬容。

究竟新時期小說作品給我們帶來那些訊息？初期的「傷痕」與「反思」都是文革陰影直接投射下的結果。「反思」的藝術價值與哲學意味均高於「傷痕」。張靱說：「傷痕潮流湧出的短篇小說，對歷史表現了怒不可遏的揭露性和否定性，反思的中篇小說往往具有冷靜而理智的批評性和思辨性。小說中的人物既反思歷史的痼疾，同時也反躬自問對歷史的責任。對待歷史，傷痕小說沿續了政治上的歌頌與暴露的傳統，中篇小說在反思客觀的歷史與主觀自我的時候，傾注了哲學本義的憂患意識與涅槃意識。」❹時空的差異與作家的藝術造詣決定了這二者的優劣。但這二

❹ 張靱，〈文學與哲學的浸滲和結盟的時代——「中篇小說十年啓示錄」之一〉，《文學評論》（一九八六年第四期），頁四九。

類作品在詮釋作家的某種生命觀或宇宙觀的過程中，似乎均未能臻至完美的境界而能引人一再深思。

回到現實主義的「傷痕」與「反思」有兩個小說主流：一是小說中的主人翁從充滿傳奇色彩的想像化的英雄轉變爲血肉之軀——普通人；二是小說的「敍述性」逐漸擡頭，取代了日漸衰微的「說明性」。英雄意識的消失不但讓小人物有粉墨登場、揚眉吐氣的機會，甚至還造成「反英雄」(anti-hero)的出現。關懷凡夫俗子的諸般本態現象成爲無可抗拒的主流。就「敍述性」而言，「講故事」的傳統形式漸漸消失了。作家不再以極其簡單的小說語言勉强編織成故事輪廓，然後平鋪直敍地羅列一系列人物事跡。他們講究敍述技巧，運用各種形式寫出結構完整、細膩縝密的作品，如〈大坂〉(張承志)、〈圍牆〉(陸文夫)、〈受戒〉(汪曾祺)等。

八五年開始的尋根文學展示了未被時代潮流所改變的某種原始生命的文化型態。在對傳統審美文化的審視中，尋根派的青年作家有了相當多的收穫，尤其在文學的語言、結構、文體和題旨方面，他們吸收了民族文學中的精華。但他們最成功的是與現代派作家共同的基本點——敍事方式。這些初登文壇的新作家(如阿城、韓少功、馬原、莫言、劉索拉、何立偉、殘雪等人)雖有不同的世界觀、不同的創作目的、不同的題材、不同的個人生活方式，但敍事方式却展現了新貌。如馬原的〈拉薩河女神〉採取了多個敍述角度，結果使其「意義」倍增，變得豐富或複雜。

再如阿城與何立偉這兩位作家，以他們詩的方式來寫小說。阿城的〈遍地風流〉與何立偉的〈白色鳥〉都是詩化小說。對他們來說，小說的美學價值不在它的深層（故事情節、「內容」），而在它的表層（言語——詞法、句法的修辭效果）字斟句酌地描寫。結果，「人」的意味似乎大大遜色於「語言」的意味。因此，小說的目的改變了。以往小說是以「人」的活動爲揭示對象的中心，現在小說都是爲了探索語言活動的秘密、張力和意義創造力而寫作。

注重語言活動的趨勢一直延續到八七、八八年的後新潮小說裏。語言敍述的無中心、零散化對應着生活的隨機性、無秩序；人物的「眞假難分」、生活與幻象不分，對應着現實感的喪失及目標的茫然，充分反映了人的被動、盲目、虛幻、混亂乃至荒誕的存在的一面，如余華的〈世事如煙〉與〈難逃刼數〉。吳秉杰指出，「敍事遊戲表現爲語言的雜糅、顚倒、曖昧與場景的任意配置、疊合、轉換。在時間與空間兩個方面儘量打破確定性的界限。小說中的空間表現爲圍繞敍事線索所集合起來的一定的社會生活面及其相互關係，時間則轉化爲生活的演變或歷史的運動。」❷時間與空間界限的擴大，使得作品的內涵更爲豐盈。

儘管作家在角色變遷與語言敍述方面有了極大的轉變，但新時期小說依然在「生存或毁滅」（to be or not to be）這個主題上打轉。與後新潮小說並存的「新現實主義」詮釋了人的生存

---

❷ 吳秉杰，〈「先鋒小說」的意義〉，《人民日報》（一九八九年四月四日六版）。

困境。像劉震雲的〈新兵連〉、方方的〈風景〉、池莉的〈煩惱人生〉、葉兆言的〈棗樹的故事〉這些作品，大都把改革推到背景去，而將注意力集中在寫凡夫俗子、世事瑣事上。作家不再一味說教，也不再裝出一副痛苦不堪的樣子，開始用一種平淡的語調，不夾帶個人傾向的態度去再現那些在生活的漩渦中浮沉的芸芸衆生。這些作品呈現了多層次的生存困境，尤其是精神上的困境。壓抑、扭曲、孤獨、荒謬、疏離等精神上的困惑才是人類最深層的悲劇。

再如從文化意識與自我意識的視角來探討生死意識的超越與三種主要角色（知識分子、婦女與農夫）的超越；對傳統的儒禪道哲學和西方的現代哲學的探求；對人的本質、人與自然、人與社會的藝術思考，豐富了哲學思想，或者說向傳統的哲學思想提出了挑戰。這一切都顯示新時期小說確實已邁出穩健的步伐，假以時日，必能在文學史上佔一席之地。

二、幾點令人深思的問題

然而，正如人間其他事物，新時期小說也有其不足之處。近幾年來，風起雲湧、毀譽參半的批評，暴露了這個階段的小說作品中，依然存在着不少令人深思的問題。從下面幾點的剖析，便可略知一二。

(一)角色形象的塑造

在作家（不論男女）筆下，角色形象的刻劃有一個極為明顯的趨向：「性」角色的模糊。在知識分子、婦女與農夫這些主要角色裏，男性泰半缺乏了陽剛之氣，女性也一反傳統的賢淑溫柔，霸氣十足。社會結構的變化、政治運動的不斷，產生了類似秦波（〈人到中年〉）、李國香（《芙蓉鎮》）這類的「馬列婦女」，也孕育了類似《紅高粱家族》中的奶奶、二奶奶、〈紅蝗〉中的四老奶媽、〈甜的鐵、腥的鐵〉中的「她」這類具有「雄化」意味的婦女。像〈北方的河〉、〈迷人的海〉、〈南方的岸〉、〈船過青浪灘〉幾篇小說中，藉與大自然搏鬪中煥發出來的男性的力與美已經消失了。這種情形在世俗小說中更加明顯。我們看到男女共同承擔家務後，許多「女性化」的「模範丈夫」的湧生與女性參與國家、企業管理後，許多「男性化」的女性出現，使得當代大工業社會中的男性似乎越來越缺乏古代自然經濟中那種粗獷雄渾的力度與氣慨。難怪蘇曉康會很感慨地說：「女人爭男人之氣，男人多女人之氣。這不知是『文化』還是『制度』的緣故？」❸

表面上，女性似乎在力爭男女平等一事已經取得了相當的優勢，但實質上，眞正能擺脫對男人的依賴，以獨立、自尊、自信的態度來審視自己，不必追求最後的停泊地的女性，不是受過相當教育的，就是生活在瀰漫着平等氣息的環境中（如大都市）的女性。在荒鄉僻野中，無數的性

❸ 蘇曉康，〈在「南園」過年〉，《聯合報》，（一九九〇年一月三日）。

別歧視的悲劇依然不停的上演着，像〈小說二篇〉（趙本夫）裏的小閨女、與玉子依然掙脫不了傳統文化的束縛，正在絕路邊緣上徘徊着。

女性形象的描述還有一點值得斟酌一番。許多「大禹模式」和「屈原模式」的女主人翁似乎又掉入中國傳統大團圓小說的「俊男美女」的模式中。〈人到中年〉中的陸文婷的描述是：「她小巧的身子，瓜子型的臉兒，一頭烏黑透亮的好頭髮，短短地剪齊在耳垂下。她坐在對面的椅子上，安靜得像一滴水。」《芙蓉鎮》中的胡玉音「黑眉大眼、面如滿月、胸脯豐滿、體態動情。」〈天雲山傳奇〉中的馮晴嵐「美麗活潑而且驕傲……她那透氣的眉，端正的鼻子，加上烏黑的頭髮，都使她具有一種特別的恬靜美。」類似這類的描述比比皆是，使人擔心那種為了讓人仿效而無中生有創造出來的無血無肉人物（也就是「典型人物」model）又再度復活了。

知識分子的形象在作品中，除了部份具有懺悔意識外，絕大多數展現的依然是歷史性的軟弱。四十幾年的挨整、被壓抑，使得知識分子的雄氣被閹割了，沒有意志力，沒有做人的尊嚴……中國人性格中，懦弱、保守、聽天由命、逆來順受的特質，在知識分子的性格塑造方面表現無遺。黃子平、陳平原、錢理羣三人在〈論「二十世紀中國文學」〉中，對文學中表現出的知識分子深刻的「自我啓蒙」精神，表示讚許，但同時也提出適度的批評：「知識分子的自我啓蒙是深刻的、眞誠的，有時候又帶有某種被扭曲，以至病態的成分，也使文學產生了放不開手脚的毛病，缺少伏爾泰的犀利尖刻和盧梭式的坦率勇敢——『智慧的痛苦』常常壓倒了理性的力量，文

學顯得豪邁不足而沮喪有餘。」❹

上面這段話也同樣適用於知青的描述。對知青遭遇的刻劃一向是過度美化。對阿城、馬原、王安憶、梁曉聲、孔捷生、史鐵生、李曉這一代「知青」來說，歷史爲他們安排了嚴酷的命運。他們剛剛成年就被拋出了正常的生活軌道，屢遭磨難，元氣大傷，就是有機會重返原先的生活軌道，也往往會感到力不從心了。史鐵生的〈我的遙遠的清平灣〉、梁曉聲的〈這是一片神奇的土地〉、王安憶的〈本次列車終點〉、孔捷生的〈大林莽〉，反映了回城後的知青對他們曾經勞動過的土地與人民的眷戀之情，表現了對他們當年獻身精神的自豪感。但他們來自都市、屬於都市，永遠不會在鄉村紮根。他們只不過是農村中的過客。即使像〈黑駿馬〉中的白音寶力格、《浮躁》中的金狗、〈拂曉前的葬禮〉（王兆軍）中的呂鋒，出身農村，但在城裏接受教育，擔任過工作，生活與思維的方式早已與城市人認同。他們雖然心念故鄉，也確實回過故鄉，但他們的內心實際上早已被忙碌的都市生活塡滿，故里已成爲偶爾在腦海中閃過的一絲微弱回憶。他們會暫時回歸家鄉，但抱持的終究還是都市人返鄉的心態。

（二）技巧應用的不足之處

由於中國積弱過久，國人心理上逐漸失去平衡。「船堅炮利」在戰場上的表現，一度使得學

---

❹ 黃子平、陳平原、錢理羣，〈論「二十世紀中國文學」〉，《文學評論》（一九八五年第五期），頁七。

國上下追逐現代科學的成果。這種對歐美長處的長期豔羨，造成「迎頭趕上」的想法在知識分子的心頭上盤據不去。小說創作也同樣有極爲强烈的這種心態。由於王蒙、宗璞、茹志鵑、李陀、張辛欣、張承志、陳村、韓少功、莫言、劉索拉、徐星、殘雪等人的努力，意識流、黑色幽默、荒誕劇、魔幻寫實等這類的現代主義技巧進入了新時期小說中。現代派的論爭也就從此拉開序幕，最後甚至有「僞現代派」之譏。實際上，當代小說中的現代派傾向與西方現代主義之間，仍有相當多的差異。我們不妨舉許文東的看法來加以說明。他說：「……第一，同樣是『意識流』，王蒙、茹志鵑是剝下『人家的技巧』，由自己的理性剪切拼成一種現實政治的錯亂感，而沒有像普魯斯特、詹姆斯、喬伊斯那樣沿心理時間線索探索人的潛意識領域的興趣；第二，同樣是隱喻象徵，韓少功、殘雪的意象是顯然更多政治批評民族自審的社會內容，更少對人類命運的形而上的哲理思考；第三，同樣是『荒謬感』、玩世不恭或『黑色幽默』式的嘲弄姿態，劉索拉、徐星表達的其實是一種在社會中找不到理想位置的『多餘人』迷惘憤世情緒，而不是冷漠旁觀人類危機的『外人』姿態；第四，同樣寫『性意識』，中國作家更側重社會禮教壓抑下的性苦悶及性變態，而不是以性冷漠厭倦來洞察人的生存危機；第五，同樣是價値系統崩潰的悲觀，『文革』的人們是對當代中國『革命傳統』的崩潰表示失望、喪失信心，而不像戰後歐洲知識分子那樣在科技文明高度發展後反而對人類前途表示懷疑。……」❺缺少對豐厚沉實的傳統文學的縱的承

---

❺ 許子東，〈現代主義與中國新時期文學〉，《文學評論》（一九八九年第四期），頁二九。

繼，外來藝術手法的橫的移植自然會拿捏不準、弊病叢生，有時甚至還會產生「逾淮而枳」的現象。

過度注重敍述語言形式，結果也導致「玩文學」的危機。新時期小說中的語言形式同樣與西方的當代小說中的語言形式有了差距。李潔非說：「西方某些注重語言形式的小說如法國新小說派作品，乃是意在從時空、敍述者以及因果關係等等方面改變人們對事物的思維方式。而大多數中國新潮小說的形式追求則遠未達到這種能力，僅僅停留在琢磨字詞用法，音韻的修辭學或『美文』層次上，實際上恰恰是對中國舊詩學語言形式的歸依，如筆記體小說。使文學倒退到琢磨過度、自我消遣、無病呻吟、陰盛陽衰的舊文人文學模式中去。」❻這些話一針見血地指出當前「玩文學」的主要弊病。采麗競繁、空虛華美的語言形式將會使小說的發展趨於形式雕飾之美、而缺乏內容之質，毫無情感生命。

經過十多年作家的苦心經營，新時期小說逐漸摸索出一條邁向藝術殿堂的路，但至今仍未能臻至盡善盡美的境界。文學藝術原本就是一片無邊的空間，即使生活中升騰起來的新的判斷、新的觀念、新的探索、新的思想創造，也無法服服貼貼地完全顯露在作品中，更不說拿捏不準了。作品不論如何改進，仍有所欠缺。究竟小說作品「缺少」什麼呢？黃子平的說法最爲中肯。他

❻ 李潔非，〈反思八五新潮〉，《光明日報》（一九八九年四月十一日三版）。

說：「有人說是缺少想像力，有人說是缺少作家的人格力量，有人說是缺少現代意識，有人說是缺少哲學思考和思想性，有人說是缺少傳統文化的底蘊，有人說是缺少讀者的參與，有人說是缺少作家的責任心和使命感，有人說是缺少生命的本體衝動，有人說是缺少意識形態的規範指導。」❼問題是，這些「缺少」都塡補了，小說作品就會完全無缺點嗎？答案是否定的。文學的天空永遠無法塡滿。至善至美的作品永遠是作家永恆的憧憬與鵠的。因爲作品有了缺失，作家的孜孜不倦，在自己創作中力爭突破與超越，才有其實質上的意義。

(三)從「焦灼」、「悲涼」到「浮躁」

黃子平、陳平原、錢理羣指出，籠罩二十世紀中國文學的總體美感特徵是一種根源於民族危機感的「焦灼」。「在中國文學中，個人命運的焦慮是很快地納入全民族的危機感之中。……焦灼感和危機感主要體現在倫理層次和政治層次，介乎極端具體和極端抽象之間，而具有明晰的可感性。」❽身爲知識分子的作家懷著「恨鐵不成鋼」的心情，深入挖掘國民性，終於「哀其不幸，怒其不爭。」作家雖具有强烈的憂國憂民情操，但始終勢單力薄，起不了重大的影響，往往只得徒呼奈何，「悲涼」之心悠然與起。新時期小說依然瀰漫着焦灼感與悲涼感。但隨着現實社會的鉅變，這兩種感覺逐漸被一股「浮躁」之氣所取代。何謂「浮躁」？陳墨說：「『浮躁』除

---

❼ 黃子平，《中國小說一九八八》序（香港：三聯書店，一九八九年），頁三。

❽ 同❹，頁八。

了最一般意義上的意義之外，它還包含着憂慮、迷惘、焦灼、騷動不安、困窘、放肆及至絕望與希望等等種種複雜的理性——情緒因素。『浮躁』在這裏是一種廣義的現象的集合。」❾當前盛行於文壇上的，正是這股「浮躁」之氣。我們無法把它的形成歸之於某種因素，因爲實際上它是傳統文化與現實社會結合下的產品，尤其電子媒介的推波助瀾，使得價值觀起了重大變化。

由於電子傳播媒介的迅速成長，閱聽人（audience）更樂意以比較簡捷的方式來接收各類訊息，自然不願把時間花在需要正襟危坐、聚精費神的閱讀上，何況文字媒介本身也起了重大變化。報告文學比小說更能觸及時代的脈動，商業性的通俗小說比藝術性高的作品更受一般讀者的歡迎。當年的「轟動效應」已成昨日黃花。文壇上到處都是「雅俗之爭」、「眞僞之辨」。「玩文學」之風極盛。有些年輕作家急於成名，便不擇手段，使出混身解數，盼望能早一天揚名立萬，名利雙收。於是，「浮躁」之氣滿佈文壇。陳普說：「對於迷茫的不很成熟的當前中國文人，目前至少有這樣三種分化：在孤獨的超然的精神領域探索本體價值；在報告現實問題的途徑上推進政治民主的現代化過程；在一系列商品性的創造行爲中滿足自我的物質慾望，同時也滿足讀者的文化消費需求。」❿這三種分化代表了當前大陸作家的抉擇，尤其以商業價值掛帥的第三

❾ 陳墨，〈文學：在浮躁中徘徊〉，《文學自由談》（天津：一九八八年五號），頁七二。
❿ 陳普，〈幾代文人的悲歡——對中國現、當代文學一種社會學透視〉，《文藝報》（北京，一九八九年五月十三日三版）。

類更是淩駕於其他二類之上，「浮躁」之氣自然難免。

三、未來的展望

八九年的「六四」天安門事件對於剛剛步入文學藝術殿堂之門的作家是種重大打擊。不少文化精英被迫流亡他國，大陸文壇也一片寂靜，彷彿又回到文革時期。歷史會重演，但人事全非，然重演的方式也不盡相同，付出的代價却令人畏懼。也許未來會發生類似文革後的宮廷式政變，然後作家又重新執筆緬懷「六四」慘案之種種。我們擔心的是，文學作品是否還需要經過「疏離」與「調適」的階段才能「超越」？或者跳越「傷痕」的呻吟、「反思」的悲懷，而能直接從人的生存狀態出發，表達人生的眞義？我們忍不住想起米蘭・昆德拉（Milan Kundera）的傑作《生命裏不能承受之輕》（*The Unbearable Lightness of Being*）⑪。同樣是在坦克的淫威下（當然捷克民衆面對的不是本國的坦克），這位「存在的勘探者」却能「將布拉格知識分子個人遭際與人類本體存在狀態及整個命運聯繫起來，由政治思考走上了人類文化心態及人生哲學的思考，從批判強權政治上昇到人性和人之生存狀態的批判。想選擇歷史而又無法選擇，反對媚俗又

⑪ 米蘭・昆德拉著，呂嘉行譯，《生命裏難以承受的輕》（臺北：遠景，一九八九年）。

無力排除媚俗，這不僅僅揭示了蘇軍佔領下的主人公傷痕，而且觸及了人類共同面對的無所歸依的迷惘感和尷尬的生存處境。」⓬換句話說，作家的最終使命在於洞察認識意識的極限，並探討人處於文明劇變中之命運爲何，並且對生命本源作直逼內涵、縝密而紮實的探索。這種由瞬間的問題走向永恆命運的關注，才是今後中國小說家應該走的道路。

讓我們再回到有關洪太尉和潘朵拉的故事去。既然人生不是一條恆久不變的康莊大道，人永遠擺脫不了世間種種苦難的折磨，不妨樂觀地直面現實。在物質需求方面求得最低限度的滿足外，去力爭精神生活的提昇，勇於扛起個人的道德責任。也許新近當選爲捷克總統的荒謬劇場大師哈維爾（Vaclav Havel）說過的一段話，會給熱衷展現眞實人生的作家某種啓示。他說：「在每個人之中都有某種希祈，渴慕人性、合乎正義的尊嚴、道德的完善、對於存在的自由表達，以及一種超越世間存在的感覺。」⓭這種富於濃郁哲學意味的眞正生命才是作家追尋的終極目標。作家要如何才能擔當神聖的火柱，來引導世界在其漫長的黑暗旅程中穿越「時間」的荒野呢？作家唯有淡泊名利，不懼孤獨、秉持道德與藝術的信念，探討人類心靈領域那深不可測的朦

⓬ 張戩，〈生存本相勘探與失落——新寫實小說得失論〉，《文藝報》(一九八九年五月二十七日二版)。

⓭ 轉引自劉述先，〈蛇年震盪，餘波未了〉，《中國時報》（一友九〇年二月一日。）

朧世界，開拓思想與精神的境界，才能寫出千錘百鍊、名存千古的作品。

新時期小說在歷史長河中，有如微波輕盪的小水滴。這些小水滴努力集中，想形成某種旋渦，來增進我們對人性本貌與人生整體的觀察。整體說來，這些作品承繼三十年文學之風，再樹立了一個里程碑，但未來在文學史上如何定位，還有待作家的繼續努力。

參考書目

一、中文部分

(一)專書

王安憶。《小城之戀》。臺北：林白出版社。一九八八年。
王安憶。《雨，沙沙沙》。臺北：新地出版社。一九八八年。
王夢鷗。《文藝美學》。臺北：遠行出版社。一九七七年。
王德威。《衆聲喧嘩》。臺北：遠流出版社。一九八八年。
王蒙。《加拿大的月亮》。北京：作家出版社。一九八七年。
巴金。《隨感錄》。香港：三聯書店。一九七九年。
古華。《芙蓉鎮》。臺北：遠流出版社。一九八八年。

史鐵生。《我的遙遠的清平灣》。臺北：林白出版社。一九八九年。
多曉、黃子平、李陀、李子雲合編。《中國小說一九八六》。香港：三聯書店。一九八八年。
西西編。《紅高粱》。臺北：洪範書店。一九八七年。
西西編。《閣樓》。臺北：洪範書店。一九八七年。
西西編。《第六部門》。臺北：洪範書店。一九八八年。
西西編。《爆炸》。臺北：洪範書店。一九八八年。
朱衞國編。《中國女性作家婚戀小說選》。北京：作家出版社。一九八八年。
池莉。《煩惱人生》。北京：作家出版社。一九八九年。
老鬼。《血色黃昏》。臺北：風雲時代出版社。一九八九年。
何立偉。《小城無故事》。北京：作家出版社。一九八六年。
李杭育。《最後一個漁佬兒》。臺北：洪範書店。一九八八年。
李銳。《厚土》。臺北：洪範書店。一九八八年。
李超宗。《新馬克思主義思潮——評介「西方馬克思主義」》。臺北：桂冠出版社。一九八九年。
呂秀蓮。《新女性主義》。臺北：拓荒者出版社。一九七七年。
汪曾祺。《寂寞和溫暖》。臺北：新地出版社。一九八七年。
宋耀良編譯。《中國意識流小說（一九八〇～一九八七）》。上海：上海社會科學院出版社。一九八八年。
狄卡波奧 (Nicholas, S. Dicaprio) 著。莊耀嘉編譯。《健康的性格》。臺北：桂冠出版公司。一九八七年。

佛斯特 (Edward M. Forster) 著。李文彬譯。《小說面面觀——現代小說寫作的藝術》。臺北：志文出版社。一九七六年。

阿城。《棋王、樹王、孩子王》。臺北：新地出版社。一九八七年。

林曼叔、海楓、程海合著。《中國當代文學史稿》。巴黎第七大學東亞出版中心。一九七八年。

吳魯芹。《英美十六家》。臺北：時報文化。一九八一年。

吳亮、章平、宗仁發合編。《結構主義小說》。長春：時代文藝出版社。一九八九年。

邵振國。《麥客》。北京：作家出版社。一九八六年。

洪峰。《瀚海》。北京：作家出版社。一九八八年。

茅盾。《虹》。香港：滙通書店。出版日期不詳。

茅盾。《春蠶》。香港：南國出版社。出版日期不詳。

施耐菴。《水滸傳》。臺北：文化圖書公司。一九七九年。

施叔青。《對談錄——面對當代大陸文學心靈》。臺北：時報文化出版公司。一九八九年。

高曉聲。《極其麻煩的故事》。臺北：新地出版社。一九八七年。

高曉聲。《錢包》。香港：香江出版公司。一九八七年。

高曉聲。《李順大造屋》。臺北：新地出版社。一九八九年。

夏志清。《中國現代小說史》。臺北：傳記文學出版社。一九七九年。

韋勒克與華倫合著。王夢鷗與許國衡合譯。《文學論——文學研究方法論》。臺北：志文出版社。一九七六年。
莫言。《透明的紅蘿蔔》。臺北：新地出版社。一九八七年。
莫言。《紅高粱家族》。臺北：洪範書店。一九八八年。
從維熙。《鹿回頭》。臺北：新地出版社。一九八八年。
陸文夫。《美食家》。臺北：新地出版社。一九八八年。
郭爲藩。《特殊教育名詞彙編》。臺北：心理出版社。一九八三年。
陳奇祿。《民族與文化》。臺北：黎明文化出版公司。一九八一年。
陳建功。《丹鳳眼》。臺北：林白出版社。一九八八年。
張子樟。《人性與「抗議文學」》。臺北：幼獅文化事業公司。一九八四年。
張抗抗。《隱形伴侶》。北京：作家出版社。一九八八年。
張辛欣。《我們這個年紀的夢》。臺北：新地出版社。一九八八年。
張承志。《北方的河》。臺北：新地出版社。一九八七年。
張承志。《金牧場》。北京：作家出版社。一九八七年。
張賢亮等。《靈與肉》。臺北：新地出版社。一九八六年。
張賢亮。《感情的歷程》。北京：作家出版社。一九八七年。
張賢亮。《綠化樹》。臺北：新地出版社。一九八七年。

張賢亮。《土牢情話》。臺北：林白出版社。一九八七年。
張鍾、洪子誠、余樹森、趙祖謨、江景壽合編。《當代中國文學概論》。北平：北京大學出版社。一九八六年。
黃子平、李陀合編。《中國小說一九八七》。香港：三聯書店。一九八九年。
黃子平、李陀合編。《中國小說一九八八》。香港：三聯書店。一九八九年。
程乃珊。《藍屋》。臺北：新地出版社。一九八八年。
殘雪。《黃泥街》。臺北：圓神出版社。一九八七年。
馮驥才。《義大利小提琴》。臺北：新地出版社。一九八七年。
賈平凹。《浮躁》。北京：作家出版社。一九八七年。
賈平凹。《天狗》。臺北：林白出版社。一九八八年。
楊德華編。《市井小說選》。北京：作家出版社。一九八八年。
趙樹理。《三里灣》。北京：人民文學出版社。一九五八年。
鄧友梅。《烟壺》。臺北：新地出版社。一九八八年。
劉心武。《她有一頭披肩髮》。臺北：林白出版社。一九八八年。
劉西鴻。《你不可改變我》。北京：作家出版社。一九八七年。
劉再復。《性格組合論》。臺北：新地出版社。一九八八年。
劉思謙、謝望新選編。《一九八四中國小說年鑑——中篇小說卷》。北京：中國新聞出版社。一九八五年。

劉索拉。《你別無選擇》。北京：作家出版社。一九八六年。
劉震雲。《塔舖》。北京：作家出版社。一九八九年。
鄭萬隆。《我的光》。臺北：新地出版社。一九八七年。
鄭樹森編。《八月驕陽》。臺北：洪範書店。一九八八年。
鄭樹森編。《現代中國小說選Ⅱ》。臺北：洪範書店。一九八九年。
閻綱、蕭德生、傅活、謝明清編選。《一九八七年短篇小說選》。北京：人民文學出版社。一九八九年。
閻綱、蕭德生、傅活、謝明清編選。《一九八七年中篇小說選輯Ⅱ》。北京：人民文學出版社。一九八九年。
璧華、楊零編。《中國新寫實主義文藝作品選》。三編。香港：天地出版社。一九八二年。
韓少功。《空城》。臺北：林白出版社。一九八八年。
戴厚英。《人啊，人》。廣州：花城出版社。一九八〇年。
鐵凝。《沒有鈕扣的紅襯衫》。臺北：新地出版社。一九八八年。
嚴家其、高皋。《中國「文革」十年史》。出版者與日期不詳。
《中國現代短篇小說選》。北京：人民文學出版社。一九八〇年。
《中國大陸現代小說選》。輯Ⅰ與輯Ⅱ。臺北：圓神出版社。一九八八年。
《文學理論學習資料》。北京：北京大學出版社。一九八〇年。
《沈從文》。臺北：光復書局。一九八七年。

《魯迅》。臺北：海風出版社。一九八九年。
《論文學》。北京：人民文學出版社。一九七八年。

(二) 專文

丁帆、徐兆淮。〈新時期風俗畫小說縱橫談〉。《文學評論》(一九八四第六期)。頁二二二~二二八。
牛玉秋。〈劉恆：對人的存在與發展的思索〉。《現代作家評論》(一九八八年五月號)。頁一一一~一一八。
王干。〈論超越意識與新時期小說的發展趨勢〉。《小說評論》(西安，一九八八年三月號)。頁三~九。
王干。〈超現實與紀實：小說流到哪裏去？〉。《人民日報》(一九八九年二月二十三日六版)。
王若水。〈談談異化問題〉。《新華月報·文摘版》(一九八〇年十月號)。
王斌、趙小鳴。〈劉恆：一個詭秘的視角〉。《中國現代、當代文學研究》(一九八九年四月號)。頁一五七~一六〇。
王彪。〈透澈永恆的苦樂——論近年小說中人性的生命內驅力〉。《中國現代、當代文學研究》(一九八九年一月號)。頁五五~六一。
王緋。〈在夢的妊娠中痛苦痙攣——殘雪小說啓悟〉。《文學評論》(一九八七年第五期)。頁九五~一〇〇。
木弓。〈余華、格非、葉兆言爲何在一九八八年引人矚目〉。《長城》(石家莊：一九八九年第一期)。頁二三一~二三二。
司馬中原。〈共負重軛——簡評李銳的《厚土》〉。《中國時報》(一九八九年十月二日)。

丘岳。〈論新時期作家的文化類型〉。《中國現代、當代文學研究》（一九八九年三月號）。頁一五一～一六二。
任一鳴。〈女性文學的現代衍進〉。《小說評論》（西安：一九八八年三月號）。頁一七～二二。
江冰。〈「紀實小說」前景質疑〉。《文學評論》（一九八九年第二期）。頁一五三～一五四。
江素惠。〈沒有香港臺灣。他們就可關門打狗了——獨家專訪劉賓雁〉。《中國時報》。一九八八年八月十日）。
艾妮。〈弄潮人的求索——問題報告文學研討會概述〉。《文學評論》（一九八九年第三期）。頁六三～六九。
朱大可。〈空心的文學〉。《作家》（長春：一九八八年九月號）。頁六七～七六。
朱向前。〈尋找「合點」：新時期兩類青年軍旅作家的互參觀照〉。《文學評論》（一九八八年第一期）。頁三三～四一。
李文衡。〈知識勞動美的審美價值浮沉—評幾部「大反響」小說〉。《文學評論》（一九八五年第一期）。頁四四～五一。
李以建。〈女性的追求：二十世紀中國女性文學縱觀〉。朱衞國編。《中國女性作家婚戀小說選》。頁七九八～八一一。
李兆忠。〈旋轉的文壇——「現實主義與先鋒派文學」研討會記要〉。《文學評論》（一九八九年第一期）。頁二三～三〇。

李怡。〈中國爲什麼對文藝如此敏感〉。《七十年代》（一九八二年六月號）。頁九～一二。

李牧。〈疏離的文學，文學的疏離〉。《文訊》（一九八三年九月第三期）。頁七三。

李陀、張陵、王文斌。〈語言的反叛——近兩年小說現象〉。《文藝研究》（一九八九年第二期）。頁七五～八〇。

李潔非。〈反思八五新潮〉。《光明日報》（一九八九年四月十一日三版）。

李新宇。〈偉大的覺悟與艱難的自省——論近幾年文學對知識分子人格特徵的藝術思考〉。《中國現代、當代文學研究》（一九八九年四月號）。頁三九～四六。

李慶西。〈古老大地的沉默——漫說《厚土》〉。《文學評論》（一九八七年第六期）。頁四九～五四。

吳方。〈作爲文化挑戰的小說新潮〉。《工人日報》（一九八九年五月二十八日二版）。

吳俊。〈當代西緒福斯神話——史鐵生小說的心理透視〉。《文學評論》（一九八九年第一期）。頁四〇～四九。

吳秉杰。〈「先鋒小說」的意義〉。《人民日報》（一九八九年四月四日六版）。

宋耀良。〈意識流小說與文體變革（代序）〉。宋耀良選編，《中國意識流小說選——一九八〇～一九八七）》（上海：上海社會科學院出版社，一九八八年）。頁一～二八。

余昌谷。〈生活形態的審美還原——談近期小說創作的現實主義態勢〉。《中國現代、當代文學研究》（一九八九年十月號）。頁六三～六八。

雨石。〈論當代文學中的死亡意識和永恆觀〉。《天津社會科學》（一九八九年三期）。頁七三～七八。

周政保。〈寓意超越意識的滋長與强化——新時期軍旅小說創作的一種判斷〉。《文學評論》（一九八七年第二期）。頁七九～八五。

周揚。〈關於馬克斯主義的幾個理論問題的探討〉。《人民日報》（一九八三年三月十六日）。

潔泯。〈現代和當代：兩代文學反思的一個側面〉。《中國現代、當代文學研究》（一九八九年二月號）。頁一六六～一六八。

南帆。〈論小說的心理——情緒模式〉。《文學評論》（一九八七年第四期）。頁四六～五五。

高尙。〈論新時期小說創作的深度模式〉。《文學評論》（一九八九年第四期）。頁六一～六九。

崔建華。〈當代「實驗小說」的困境（對實驗小說在反叛傳統中回歸傳統的現象思考）〉。《藝術廣角》（瀋陽：一九八九年第二期）。頁二〇～二八。

康夏。〈戰爭觀：一個無法廻避的命題（對新時期戰爭小說的思考）〉。《百家》（合肥：一九八九年第一期）。頁五一～五六。

莎白。〈中國當代小說的文化意識〉。《中國現代、當代文學研究》（一九八九年三月號）。頁一一九～一二四。

許子東。〈現代主義與中國新時期文學〉。《文學評論》（一九八九年第四期）。頁二一～三四。

陳普。〈幾代文人的悲歡——對中國現當代文學一種社會學透視〉。《文藝報》（北京：一九八九年五月十三日三版）。

陳墨。〈文學：在浮躁中徘徊〉。《文學自由談》（天津：一九八八年五月號）。頁六八～七二。

黃子平。〈當代文學中的宏觀研究〉。《文學評論》（一九八三年第三期）。頁三四～三六。

黃子平、陳平原、錢理羣。〈論「二十世紀中國文學」〉。《文學評論》（一九八五年第五期）。頁三～一四。

黃永武。〈隱逸詩與疏離感〉。《中央日報・副刊・海外版》（一九八七年四月十五日）。

雷達。〈民族靈魂的發現與重鑄——新時期文學主潮論綱〉。《文學評論》（一九八七年第一期）。頁一五～二七。

童慶炳。〈拷問自我——關於知識分子題材作品的再思考〉。《中國現代、當代文學研究》（一九八九年四月號）。頁四七～五〇。

張韌。〈生存本相勘探與失落——新寫實小說得失論〉。《文藝報》（一九八九年五月廿七日二版）。

張韌。〈文學與哲學的浸滲和結盟的時代——「中篇小說十年啓示錄」之一〉。《文學評論》（一九八六年第四期）。頁四五～五五。

遠志明。〈黑手與旗手——反思八九民運中的大陸知識分子〉。《聯合報》（一九九〇年一月八日十版）。

劉述先。〈蛇年震盪，餘波未了〉。《中國時報》（一九九〇年二月一日）。

劉再復。〈近十年的中國文學精神和文學道路〉。《人民文學》（一九八八年第二期）。頁一一五～一二八。

劉再復。〈大陸新時期文學的基本動向〉。《中國論壇》（一九八八年五月號）。頁二二～二九。

趙圓。〈京味小說與北京方言文化〉。《北京社會科學》（一九八九年第一期）。頁三〇～四〇。

潘軍、錢葉用。〈關於當代文壇現象的對話〉。《中國現代、當代文學研究》（一九八九年五月號）。頁七～一三。
滕雲。〈十年樹人——《十年見典型》之一章〉。《天津社會科學》(一九八九年第二期)。頁五四～六三。
錢谷融。〈論「探索小說」（中國新時期文學的一個側面）〉。《社會科學輯刊》（瀋陽：一九八九年二期三期合訂本）。頁二四三～二四八。
錢谷融、吳俊。〈個性、啓蒙、政治——關於中國新文學的對話〉。《中國現代、當代文學研究》（一九八九年五月號）。頁二二〇～二二二。
蔡源煌。〈從大陸小說看『眞實』眞諦〉。《聯合副刊》（一九八八年一月四日～五日）。
顏純鈞。〈文學的世俗化傾向〉。《文學評論》（一九八九年第三期）。頁七〇～七七。
魏維。〈在煉獄的出口處——論當前女性文學的理性超越〉。《中國現代、當代文學研究》（一九八九年六月號）。頁八三～八六。
蕭友元。〈死亡，後新潮小說的一個基本主題〉。《中國現代、當代文學研究》（一九八九年三月號）。頁九四～九五。
羅強烈。〈思想的雕像：論《古船》的主題結構〉。《文學評論》（一九八八年第一期）。頁一三～一二三。
蘇哲安（Jon Solomon）。〈從寂暗中綻放生命的靈光——序殘雪的《黃泥街》〉。《黃泥街》（臺北：圓神，一九八七年）。頁Ⅲ～XⅣ。
蘇曉康。〈在「南園」過年〉。《聯合報》（一九九〇年一月三日）。

二、英文部分

Bacon, Francis. *Complete Essays of Francis Bacon.* Taipei: Wen-yuan, 1961.

Berger, Peter. & Pullberg, Stanley. "Reification and the Sociological Critique of Consciousness," *History & Theory*, 1965.

Bisztray, George. *Marxist Models of Literary Realism.* New York: Columbia UP, 1978.

Bogue, Donald J.. *Principles of Demography.* New York: John Wiley & Sons, 1969.

Booth, Wayne C.. *The Rhetoric of Fiction.* 2nd ed., Chicago: The University of Chicago Press, 1983.

Brody, Eugene B.. "Migration and Adaptation", *American Behavioral Scientist.* 13:6.

Bradley, Sculley. Beaty, Richmond Crom. Long, E. Hudson. & Perkins, George. eds., *The American Tradition in Literature*, 4th ed., Vol. 2. 臺北：新月翻印。一九七五年。

Brooks, Cleanth. and Warren, Robert Penn. *Understanding Fiction.* 3rd ed., New York: Appleton-Century -Crofts, 1979.

Chang, Tzu-chang. "Isolation & Self-Estrangement: Wang Meng's Alienated World." *Issues & Studies.* Vol. 24 No. 1, January 1988.

Clayton, John J.. *Saul Bellow: in Defense of Man.* Bloomington: Indiana UP, 1979.

Davis, Robert Con. ed., *Contemporary Literary Criticism.* New York: Longman Inc., 1986.

Duke, Michael S. "Reinventing China: Cultural Exploration in Contemporary Chinese Fiction." Draft paper for a conference on "Social and Political Changes in Mainland China: the Literary View." sponsored by the Center of International Relations, Taipei, Taiwan.

Elliott, George P. . "The person of the Maker" in *Experience in the Novel.* Roy Harvey Pearce. ed., New York: Columbia UP, 1968.

Friedman, Norman. "Point of View In Fiction--The Development of A Critical Concept." Stevick, Philip, ed., *The Theory of the Novel.* New York: The Free Press, 1967.

Fromm, Erich. *The Sane Society.* New York: Rinehart, 1955.

Frye, Northrop. *Anatomy of Criticism.* Princeton: Princeton UP, 1873.

Gasset, Jose Ortega Y. "First Installment on the Dehumanization of Art," Robert Con Davis ed., *Contemporary Literary Criticism.* New York: Longman Inc., 1986.

Gelfant, Blanche H. "The Imagery of Estrangement: Alienation in Modern American Fiction." in Frank Johnson, ed., *Alienation: Concept, Term and Meanings.* New York: Seminar Press, 1973.

Gilmer, B. Von Haller. *Psychology*. New York: Harper Row Publisher, 1970.

Gould Julius. and Kolb, William L. eds., *A Dictionary of the Social Sciences*. Taipei: Maling Publishers, 1975.

Hemingway, Ernest. *A Farewell to Arms*. New York: Charles Scribner's Sons, 1948.

Hilgard, Ernest R. *Introduction to Psychology*, 3rd ed., New York & Burlingame: Harcourt, Brace & World, Inc., 1962.

Holman, C. Hugh. *A Handbook to Literature*. Indianapolis: The Bobbs-Merrill Company, Inc., 1981.

Horney, Karen. *Neurosis & Human Growth*. New York: Norton & Co., 1970.

Hsia, Chi-an. "Heroes and Hero-Worship in Chinese Communist Fiction," *The Chinese Quarterly*, No. 13. January～March, 1963.

Johnson, Frank. ed., *Alienation: Concept, Term & Meanings*. New York: Seminar Press, 1973.

Johnson, Frank "Alienation: Overview and Introduction," Frank Johnson, ed., *Alienation: Concept, Term and Meanings*.

Kimble, Gregory A. Garmezy, Norman. and Zigler, Edward. *Principles of General Psychology*, 4th ed., New York: Ronald Press Company, 1974.

Klein, Marcus, *After Alienation: American Novels in Mid-century*. Cleveland and New

York: The World Publishing Company, 1965.

Landauer, T. K. *Psychology: A Brief Overview.* New York: McGrawhill, 1972.

Lee, Leo Ou-fan, "Literature on the Eve of Revolution: Reflection on Lu Hsun's Leftist Years, 1927-1930," *Modern China* 2, July 1976:3.

Li Hua-Yuan Mowry, *Yang-Pan Hsi--New Theatre in China.* Berkeley: Center for Chinese Studies, University of California, 1973.

Henry Lindgren, Clay. and Byrne, Donn. *An Introduction to the Study of Human Behavior*, n. p., n. d..

Lystad, Mary Hanemann. "Social Alienation: A Review of Current Literature." *The Sociological Quarterly* 13. Winter 1972.

Maslow, A. H. *The Farther Reaches of Human Nature.* New York: Viking Press, 1971.

Mathewson, Jr. Rufus W. *The Positive Hero in Russian Literature.* N. Y : Columbia UP, 1974.

McMahon, Frank B. and McMahon. Judith. W. *Psychology: The Hybrid Science.* 4th ed., Homewood, Illinois: The Dorsey Press, 1982.

Meszaros, Istvan. *Marx's Theory of Alienation.* London: The Merlin Press, 1970.

Mizruchi, Ephraim H. "An Introduction to the Notion of Alienation," Frank Johnson, ed.,

Alienation: Concept, Term and Meanings. New York & London: Seminar Press, 1973.

Morgan Clifford T. and King, and Richard A. *Introduction to Psychology.* Taipei: Yeh-yeh Bookstore, 1969.

Munn, Norman L. *Introduction to Psychology.* Boston: Houghon Mifflin Company, 1962.

Munn, Norman L. Fernald, Jr., Dodge and Fernald, Peter S. *Introduction to Psychology.* Boston: Houghton Mifflin Company, 1969.

Mussen, Paul. and Rosenzweig Mark R. *Psychology: An Introduction.* Lexington, 1973.

Pappenheim, Fritz. *The Alienation of Modern Man.* New York: Monthly Review Press, 1959.

Sargent, S. Stansfeld, and Robert C. Williamson, *Social Psychology,* 3rd ed., New York: The Ronald Press Company, 1966.

Schaar, John H. *Escape from Authority.* New York: Basic Books, 1961.

Seeman, Melvin, "On the Meaning of Alienation," *American Sociological Review.* Vol. 24, 1959.

Slochower, Harry. "Literature & Society." *Marxism & Art: Essays Classic and Contemporary.* Selccted and with historical commentary by Soloman, Maynard. New York: Vintage Book, 1976.

Taviss, Irene. "Changes in the Form of Alienation," *American Sociological Review.* Vol.

34, 1969.

Tien, H. Yuan. "The Demographic Significance of Organized Population Transfers in Communist China," *Demography* 1, 1964.

Woodworth, Robert S. and Marquis, Donald G. *Psychology*, 5th ed., New York: Henry Holt & Company, 1947.

Wright, William Aldis. ed., *The Complete Works of William Shakespeare*. New York: Doublelady Doran & Co., Inc., 1936.

Zito, "On Shakespeare and the Sociology of Literature," E.H. Mizruchi, ed., *The Substance of Sociology: Codes, Conduct and Consequences*, 2nd ed., New York: Appleton, 1973.

新 書 推 薦

◈唐宋詩詞選 巴壺天編
—詞選之部

作者一生精於詩與禪，所選諸詩詞，均甚精審，並將名家詩詞評列於作品之後，提供讀者在賞析時的參考。另收錄有：作者小傳、總評、注要、釋篇、記事、附錄等。有此書在手，已囊括坊間其他通行本而有餘。

◈唐宋詩詞選 巴壺天編
—詩選之部

作者一生精於詩與禪，所選諸詩詞，均甚精審，並將名家詩詞評列於作品之後，提供讀者在賞析時的參考。另收錄有：作者小傳、總評、注要、釋篇、記事、附錄等。有此書在手，已囊括坊間其他通行本而有餘。

◈從傳統到現代 傅偉勳主編
—佛教倫理與現代社會

本書收錄了第一居中華國際佛學會議中所提出的十五篇論文，這十五篇論文環繞著會議主題「佛教倫理與現代社會」所各別提出的歷史考察、課題探討、理念詮釋、問題分析、未來展望等等，可謂百家齊鳴，各有千秋。

◈維摩詰經今譯 陳慧劍譯註

「維摩詰經」，全名是「維摩詰所説經」，又義譯爲「無垢稱經」。這部經的義理主要導航人物，是現「居士身」的維摩詰，思想則涵蓋中國自東晉以後發展的「三論、天臺、禪」三種中國式佛教宗派，其影響不可説不大。

◈我是依然苦鬬人 毛振翔著

乍看本書書名，或許以爲是一部個人自傳，實際上，這是將毛神父於近十餘年來頻頻飛赴美國，從事國民外交之事蹟及對政治、宗教之建言，彙整出版。篇篇皆爲珍貴史料，願讀者勿等閒視之。

◈儒學的常與變 蔡仁厚著

「時風有來去，聖道無古今。」儒家有二千五百年的傳統，是人類世界中緜衍最長久、影響最廣遠的一大學派

本書針對儒學之常理常道，及其因應時變以求中國現代化之種種問題，有透徹中肯之詳析。

滄海叢刊

＊文學與音律……………………………………………謝雲飛著
＊中國文字學……………………………………………潘重規著
＊中國聲韻學……………………………………………潘重規 陳紹棠著
＊訓詁通論………………………………………………吳孟復著
＊翻譯新語………………………………………………黃文範著
＊詩經研讀指導…………………………………………裴普賢著
＊莊子及其文學…………………………………………黃錦鋐著
＊離騷九歌九章淺釋……………………………………繆天華著
＊陶淵明評論……………………………………………李辰冬著
＊鍾嶸詩歌美學…………………………………………羅立乾著
＊杜甫作品繫年…………………………………………李辰冬著
＊杜詩品評………………………………………………楊慧傑著
＊詩中的李白……………………………………………楊慧傑著
＊寒山子研究……………………………………………陳慧劍著
＊司空圖新論……………………………………………王潤華著
＊歐陽修詩本義研究……………………………………裴普賢著
＊唐宋詩詞選
——詩選之部………………………………………………巴壺天編
＊唐宋詩詞選
——詞選之部………………………………………………巴壺天編
＊清真詞研究……………………………………………王支洪著
＊苕華詞與人間詞話述評………………………………王宗樂著
＊元曲六大家……………………………………………應裕康 王忠林著
＊四說論叢………………………………………………羅　盤著
＊紅樓夢的文學價值……………………………………羅德湛著
＊紅樓夢與中華文化……………………………………周汝昌著
＊中國文學論叢…………………………………………錢　穆著
＊牛李黨爭與唐代文學…………………………………傅錫壬著

*迦陵談詩二集……………………………………葉嘉瑩著
*品詩吟詩……………………………………邱燮友著
*談詩錄……………………………………方祖燊著
*情趣詩話……………………………………楊光治著
*歌鼓湘靈—楚詩詞藝術欣賞……………………李元洛著
*中國文學鑑賞舉隅……………………………黃慶萱 許家鶯著
*中國文學縱橫論……………………………黃維樑著
*浮士德研究……………………………………李辰冬譯
*蘇忍尼辛選集……………………………………劉安雲譯
*西洋兒童文學史……………………………葉詠琍著
*文學原理……………………………………趙滋蕃著
*文學新論……………………………………李辰冬著
*分析文學……………………………………陳啓佑著
*文學欣賞的靈魂……………………………劉述先著
*小說創作論……………………………………羅　盤著
*借鏡與類比……………………………………何冠驥著
*情愛與文學……………………………………周伯乃著
*鏡花水月……………………………………陳國球著
*文學因緣……………………………………鄭樹森著
*解構批評論集……………………………………廖炳惠著
*中西文學關係研究……………………………王潤華著
*比較文學的墾拓在臺灣……………………古添洪 陳慧樺主編
*從比較神話到文學……………………………古添洪 陳慧樺主編
*神話即文學……………………………………陳炳良等譯
*現代文學評論……………………………………亞　菁著
*現代散文新風貌……………………………楊昌年著
*現代散文欣賞……………………………………鄭明娳著
*細讀現代小說……………………………………張素貞著

滄海叢刊

*尋索：藝術與人生……葉維廉著
*山外有山……李英豪著
*知識之劍……陳鼎環著
*還鄉夢的幻滅……賴景瑚著
*葫蘆・再見……鄭明娳著
*大地之歌……大地詩社編
*青春……葉蟬貞著
*牧場的情思……張媛媛著
*萍踪憶語……賴景瑚著
*現實的探索……陳銘磻編
*一縷新綠……柴　扉著
*金排附……鍾延豪著
*放鷹……吳錦發著
*黃巢殺人八百萬……宋澤萊著
*泥土的香味……彭瑞金著
*燈下燈……蕭　蕭著
*陽關千唱……陳　煌著
*種耔……向　陽著
*無緣廟……陳艷秋著
*鄉事……林清玄著
*余忠雄的春天……鍾鐵民著
*吳煦斌小說集……吳煦斌著
*卡薩爾斯之琴……葉石濤著
*青囊夜燈……許振江著
*我永遠年輕……唐文標著
*思想起……陌上塵著
*心酸記……李　喬著
*孤獨園……林蒼鬱著

*社會學的滋味……………………………………………………蕭新煌著
*臺灣的社區權力結構……………………………………………文崇一著
*臺灣居民的休閒生活……………………………………………文崇一著
*臺灣的工業化與社會變遷………………………………………文崇一著
*臺灣社會的變遷與秩序（政治篇）……………………………文崇一著
*臺灣社會的變遷與秩序（社會文化篇）………………………文崇一著
*臺灣的社會發展…………………………………………………席汝楫著
*透視大陸……………………………………………政治大學新聞研究所主編
*海峽兩岸社會之比較……………………………………………蔡文輝著
*印度文化十八篇…………………………………………………糜文開著
*臺灣與美國的社會問題………………………………………蔡文輝 蕭新煌主編
*美國的公民教育…………………………………………………陳光輝譯
*美國社會與美國華僑……………………………………………蔡文輝著
*日本社會的結構…………………………………………………福武直原著 王世雄譯
*文化與教育………………………………………………………錢　穆著
*教育叢談…………………………………………………………上官業佑著
*不疑不懼…………………………………………………………王洪鈞著
*財經文存…………………………………………………………王作榮著
*財經時論…………………………………………………………楊道淮著
*經營力的時代……………………………………………………春野豐作著 白龍芽譯
*大衆傳播的挑戰…………………………………………………石永貴著
*傳播研究補白……………………………………………………彭家發著
*「時代」的經驗…………………………………………………汪　琪 彭家發著
*書法心理學………………………………………………………高尚仁著
*古史地理論叢……………………………………………………錢　穆著
*歷史與文化論叢…………………………………………………錢　穆著
*中國史學發微……………………………………………………錢　穆著
*中國歷史研究法…………………………………………………錢　穆著

*中國歷史精神……………………………………………………錢　穆著
*國史新論………………………………………………………錢　穆著
*秦漢史…………………………………………………………錢　穆著
*秦漢史論稿……………………………………………………邢義田著
*與西方史家論中國史學………………………………………杜維運著
*清代史學與史家………………………………………………杜維運著
*中西古代史學比較……………………………………………杜維運著
*歷史與人物……………………………………………………吳相湘著
*中國人的故事…………………………………………………夏雨人著
*明朝酒文化……………………………………………………王春瑜著
*歷史圈外………………………………………………………朱　桂著
*共產國際與中國革命…………………………………………郭恒鈺著
*抗日戰史論集…………………………………………………劉鳳翰著
*盧溝橋事變……………………………………………………李雲漢著
*老臺灣…………………………………………………………陳冠學著
*臺灣史與臺灣人………………………………………………王曉波著
*變調的馬賽曲…………………………………………………蔡百銓譯
*黃帝……………………………………………………………錢　穆著
*孔子傳…………………………………………………………錢　穆著
*宋儒風範………………………………………………………董金裕著
*精忠岳飛傳……………………………………………………李　安著
*唐玄奘三藏傳史彙編…………………………………………釋光中編
*一顆永不殞落的巨星…………………………………………釋光中著
*當代佛門人物………………………………………………陳慧劍編著
*弘一大師傳……………………………………………………陳慧劍著
*杜魚庵學佛荒史………………………………………………陳慧劍著
*蘇曼殊大師新傳………………………………………………劉心皇著
*近代中國人物漫譚……………………………………………王覺源著

滄海叢刊